Wir bedanken uns für die finanzielle Unterstützung bei der Stadt Wien.

Stadt Wien

Lektorat: Senta Wagner
Umschlag und Satz: Jürgen Schütz
Birnen auf dem Umschlag: © i-stock
Druck und Bindung: Florjančič tisk d.o.o.
Printed in the EU

ISBN: 978-3-99120-013-0
www.septime-verlag.at
www.facebook.com/septimeverlag | www.instagram.com/septimeverlag

Beate Kniescheck

Eva & Söhne

Roman

Für meine Mutter,
ein Fels in der Brandung

Alles vergeht: Auch die Gräber sterben.

Roland Barthes

»Gleich sind wir oben«, sagte meine Mutter und mit *oben* meinte sie das Krankenhaus. Sie legte ihre Handtasche wieder auf den Schoß und schaute geistesabwesend aus dem Fenster. Ich starrte auf die Fahrbahn, die grünen Wiesenstreifen am Straßenrand. Rhythmisch bewegten sich die Scheibenwischer, Regentropfen zeichneten Muster auf die Windschutzscheibe. Der Februar des Jahres 2019 war überdurchschnittlich warm gewesen, doch an diesem verregneten Tag hinterließen die frühlingshaften Temperaturen keine erkennbaren Spuren am Horizont. Die Sonne ließ sich nicht blicken und der Himmel war düster. Mein Vater war schon seit ein paar Tagen im Krankenhaus, sein Zustand hatte sich verschlechtert. Die Ärzte hatten ihn auf die Intensivstation verlegt und entschieden, ihn in künstlichen Tiefschlaf zu versetzen. Meine Mutter suchte etwas in ihrer Handtasche, dann sagte sie: »Ich weiß nicht, was ich sagen soll, wenn wir oben sind.«

»Erzähl Papa doch vom Wetter«, empfahl ich.

»Das wird keine schöne Geschichte«, sagte sie. Beide lachten wir, erleichtert für einen Moment.

Im Krankenhaus fuhren wir mit dem Lift in den vierten Stock. Der Raum, in dem wir warten mussten, war grell ausgeleuchtet, ein septischer Schock für die Augen. Ich nahm den Geruch von Orange und Zimt wahr, in einer Duftlampe brannte eine Kerze. Ein Regal war schütter mit Ratgeberliteratur bestückt, auf den Buchrücken stand *Lebensmut in schwerer Zeit*, *Wege zur Heilung* und *Trost und Trauer*. Ich nahm *Trost und Trauer* zur Hand, wegen des Titels, den ich abstoßend fand.

Die automatische Tür zur Intensivstation öffnete sich. »Sie können jetzt hinein«, sagte die Krankenpflegerin. Als wir am Bett meines Vaters standen, fiel mir auf, wie breit seine Hände waren, selbst die von der Arthrose verbogenen Finger wirkten kräftig. Auf seinen Beinen, die unter der Decke hervorschauten, hoben sich die blauen Krampfadern reliefartig von der Haut ab. »Besuch für Sie«, flüsterte sie meinem Vater ins Ohr und strich ihm über die grauen Haare, die ordentlich über seine Glatze gekämmt waren. Zu uns sagte sie, es gehe dem Vater den Umständen entsprechend gut. Sie warf einen Blick auf die Monitore, dann verließ sie den Raum. Ich stellte einen Sessel ans Bett, für meine Mutter. Sie blieb stehen und sah meinen Vater an. Schweigend nahm sie seine Hand.

Die Tage vergingen, aber der Zustand meines Vaters besserte sich nicht. Bei den häufigen Telefonaten mit meinem Onkel und meinen Brüdern sprachen wir über die medizinischen Details, die uns die Ärzte mitteilten. Die Grippe, eine echte Influenza, habe zu einer Lungenentzündung geführt, der Vater werde seit Tagen beatmet, auch seine Nieren hätten versagt, weshalb sein Blut jeden Tag gereinigt werde. Die Ärzte schienen in einer fremden Sprache zu sprechen, ich verstand kein Wort. Nach bangen Tagen des Wartens teilten sie mit, dass er vielleicht bald wieder selbstständig atmen könnte. Wie verlässlich diese Aussage denn sei, wollte ich wissen. »Man wird sehen«, sagte der Chefarzt.

Schließlich hatten sie meinen Vater aus dem künstlichen Tiefschlaf geholt. Bei unserem Besuch waren seine Augen geschlossen, er murmelte unverständliche Dinge. Nur die folgenden Worte waren klar und deutlich zu verstehen: »Unterste Lade. Unterste Lade. Unterste Lade.« Er warf den Kopf von einer Seite auf die andere und versuchte, die Hände zu heben. Eine Pflegerin kam ins Zimmer und prüfte die Infusionsbehälter, aus denen Flüssigkeit in die Venen meines Vaters tropfte. Sie sah auf professionelle Weise besorgt aus und erklärte, es könne sich um einen Fiebertraum handeln. Dann begann sie, mit meinem Vater zu sprechen, während sie ihm den Kopf streichelte: »Alles ist gut, Herr Anzgruber, alles ist gut.« Seine Gesichtszüge waren verzerrt, ganz so, als wäre er sehr verzweifelt. Deshalb sagte ich irgendwann zu ihm: »Sobald ich in eurer Wohnung bin, schaue ich in alle untersten Laden.« Er beruhigte sich und schlief ein.

Unterste Lade. Die Worte meines Vaters gingen mir nicht aus dem Kopf. In der folgenden Nacht durchkämmte ich systematisch die Wohnung meiner Eltern. Ich fand alte Zeitungsausschnitte, Zeitschriften und Bücher, blätterte rasch ein paar durch und stellte sie wieder zurück. Mein Vater schätzte seine Zeitungslektüre beim Frühstück. Berichte, die ihn interessierten, hob er auf. Manchmal las er ein Buch, als Jugendlicher hatte er Karl May gemocht. Sein Lieblingsbuch: *Winnetou III.* Als Erwachsener sah er häufiger fern. Ich erinnerte mich, dass er abends in seinem wuchtigen Ledersessel Platz nahm, die Füße hochlegte und den Fernseher einschaltete. Wenn mein kleiner Bruder und ich zu laut waren, nahm er seine schweren Pantoffeln und schleuderte sie mit Wucht durchs Zimmer. Einmal fiel dabei eine Vase krachend zu Boden. Uns Kinder traf er nie. »Schon komisch, wie schlecht er zielt«, sagte mein Bruder. »Wo er doch so gut Tischtennis spielt.«

Beim Herumstöbern erwartete ich, etwas zu finden, gleichzeitig fürchtete ich mich vor diesem Fund. Gab es vielleicht Unterlagen, die er für den Fall seines Begräbnisses vorbereitet hatte? War es das, was er mit *unterste Lade* sagen wollte? Mein Großvater hatte eine Mappe mit detailreichen Anweisungen hinterlassen. Er hatte sogar eine Skizze für den Trauerzug gezeichnet, um festzulegen, in welcher Reihenfolge die örtlichen Vereine aufmarschieren sollten: zuerst die Blasmusik, dahinter Kirchenchor und Seniorenbund, dann die Goldhaubengruppe, der Kriegsopferverband und die Sportvereine. Mein Großvater war Schuldirektor, Stabführer der Blasmusik und Leiter des Kirchenchors, somit eine wichtige Persönlichkeit im Ort. Er rechnete mit einer *schönen Leich.*

In einer Ecke des Arbeitszimmers meines Vaters entdeckte ich sogenannte Herrenhefte, Ausgaben von *Playboy* und *Penthouse*. Irgendwann setzte ich die nächtliche Suchaktion in seinem Schlafzimmer fort. Im Kleiderkasten fand ich in der untersten Lade einen Wollpullover, der uralt sein musste, ich glaube mich zu erinnern, dass meine Großmutter ihn für meinen Vater gestrickt hatte. Es war ein unangenehm kratziges Ding, und trotzdem mochte mein Vater den Pullover und trug ihn jahrelang unter dem Skianzug, weil er gut warmhalte, wie er sagte. In den letzten Jahren war er nicht mehr Ski gefahren, er hatte auch den Pullover nicht mehr getragen. Die Wolle verströmte einen unangenehm scharfen Geruch, eine Mischung aus Mief und Mottenkugeln. Abgesehen vom Pullover schien die Lade leer zu sein. Ich schloss den Kasten und öffnete die oberen Laden der Kommode. Sie waren vollgestopft mit Socken und Unterhosen, in der untersten befanden sich Unterhemden aus Angorawolle, die er im Winter oft anhatte. Ich nahm sie heraus und entdeckte am Boden der Lade ein Kuvert: *Nach meinem Tod zu öffnen* stand darauf und eine Jahreszahl, *1994*. Er hatte das schon vor langer Zeit geschrieben, vor fünfundzwanzig Jahren. Auf der Rückseite, wo der Umschlag zugeklebt war, hatte ihn mein Vater mit seinem Namen gezeichnet: *Rudolf*.

Am nächsten Tag besuchten wir meinen Vater erneut im Krankenhaus, dieses Mal gemeinsam mit meinen Brüdern.

Anschließend trafen wir den Chefarzt zu einer weiteren Besprechung. »Rudolf Anzgruber … Ich werfe nur kurz einen Blick in den Akt«, sagte der Arzt mehr zu sich selbst. Er sah uns an, biss sich auf die Unterlippe, wählte seine Worte mit Bedacht und formulierte schlussendlich Sätze, die glasklar waren. »Falls sich die Nieren nicht bald erholen, gibt es kaum noch Hoffnung.«

Meine Mutter, die bei jedem der bisherigen Gespräche Fragen gestellt hatte, sagte nichts. Sie saß da und nickte. Ich fuhr mit ihr nach Hause, wieder suchte sie etwas in ihrer Handtasche, ohne es zu finden.

Später beim Mittagessen meinte sie, der Vater solle ein schönes Begräbnis bekommen, das schönste überhaupt. Ich wusste, dass ich ihr von dem Kuvert erzählen musste, das ich gefunden hatte. Vorsichtig äußerte ich meinen Verdacht, dass er möglicherweise Vorbereitungen für sein eigenes Begräbnis getroffen hatte. Ich hätte einen Umschlag gefunden, auf dem stehe *Nach meinem Tod zu öffnen*, sagte ich und holte ihn. Meine Mutter öffnete den Umschlag, nahm einen handgeschriebenen Brief heraus und las ihn. Dann gab sie ihn mir.

Höhenhart, 30. August 1994

Lieber Toni! Lieber Thomas!

Ihr habt große Absichten und bringt diese auch zu einem guten Ende. Ihr seid tüchtig unterwegs auf Eurem Lebensweg, aber seid Euch darüber im Klaren, dass der Abschnitt, der hinter

Euch liegt, nur einer von vielen ist. Wichtiges kann noch vor Euch liegen – beruflich, aber auch privat.

Bleibt, wie Ihr seid, entwickelt Euch aber trotzdem weiter zu starken Männern und aufrechten Persönlichkeiten. Lasst neue Eindrücke in Euch einströmen. Seid neugierig und schaut auch hinter die Kulissen. Lernt immer wieder dazu. Wer nichts weiß, muss alles glauben!

Schließt echte Freundschaften und verzichtet auf die falschen. Achtet auf Eure Gesundheit und darauf, dass sich die Seele entfalten kann. Versucht nicht, alles auf einmal zu erreichen, seid aber dennoch fleißig und macht Eurer Familie Ehre.

Seid sparsam, aber nicht knauserig. Ihr habt unsere wirtschaftlich richtigen Ansichten geerbt. Finanziell konnten Eure Mutter und ich eine gute Grundlage für Euch schaffen, wenn es auch keine Reichtümer sind. Aber einiges ist möglich, wenn man das Geld nicht zum Fenster hinauswirft, sondern dort investiert, wo es Sinn ergibt.

Und denkt daran: Der berufliche Weg ist nie einfach, egal, ob man selbständig ist oder angestellt. Es gibt Neid und Konkurrenz, Missgunst kann überall entstehen. Lasst Euch dadurch nicht entmutigen!

In diesem Sinn noch ein paar Wünsche für die Zukunft des Geschäfts: Führt es mit Anstand, Weisheit und Fleiß, und falls sie es möchte, so überlegt, ob Ihr im Unternehmen auch eine Aufgabe für Katharina findet.

Ich wünsche Euch, dass Ihr den erfolgreichen Weg, den Eure

Mutter und ich begonnen haben, weiterführen könnt. Aber vor allem wünsche ich Euch viel Glück, große Freuden, gute Freunde und eine stabile Gesundheit.

Euer Papa

Als ich fertiggelesen hatte, waren die Sorge und Traurigkeit der letzten Tage wie weggeblasen, ich empfand nur noch Wut. Mein Vater hatte also einen Abschiedsbrief an meine Brüder geschrieben, aber keinen an mich. Ich legte ihn auf den Tisch und sah, dass meine Mutter mich beobachtete. Am liebsten hätte ich den Brief weggeworfen oder noch besser verbrannt. Aber die Tage waren schwer genug für meine Mutter, ihr Blick war glasig. Daher beschloss ich zu ignorieren, dass ich ignoriert wurde. »Du musst Toni und Thomas diesen Brief geben«, sagte ich, »er ist für sie bestimmt.«

Am nächsten Tag gab es neue Nachrichten aus dem Krankenhaus, das Telefonat mit dem diensthabenden Arzt versprach nichts Gutes. Meine Mutter und ich saßen wieder im Wagen, sie hatte diesen Gesichtsausdruck, den die Leute *gefasst* nennen. Im Krankenhaus traten wir ans Bett meines Vaters, er öffnete die Augen ein wenig, drehte den Kopf leicht zu meiner Mutter. Es sah aus, als würde es ihn seine ganze Kraft kosten. Aus seinem rechten Auge lief eine Träne über das Gesicht, das eine gute Farbe habe, wie meine Mutter bei jedem Besuch betonte. Sie hatte die linke Hand auf seine

Stirn gelegt, während sie mit der rechten seinen Arm streichelte. Das Stehen zwang sie in eine schiefe Haltung. Ich sah, wie sehr sie sich anstrengen musste, gleichzeitig lehnte sie es ab, sich zu setzen. Sie sprach ihn mit seinem Namen an und strich ihm dabei mehrmals über die Haare. Dann berichtete sie vom Umsatz, den ihre Firma am Vortag gemacht hatte. Sie hatte vor unserer Abfahrt noch die aktuellen Zahlen abgerufen und erzählte ihm, dass alles gut lief, dass er sicher Freude hätte am Geschäft. Schließlich fiel ihr nichts mehr ein, sie drehte sich suchend nach mir um. »Sag du etwas«, bat sie mich.

Ich schilderte meinem Vater, was ich beim Blick aus dem Fenster erkennen konnte. Dass es sonnig war nach einigen regnerischen Tagen, dass wir sehr froh wären, wenn der Frühling käme, dass es draußen roch, als wäre bereits Ostern, klar und frisch, und dass man schon bald einen Duft von Bärlauch und Maiglöckchen in der Nase haben würde. Ich sagte nichts von faulem Laub, feuchtem Moos und modriger Erde, obwohl es diese Gerüche waren, die man jetzt – bevor Bäume und Sträucher frühlingshaft austrieben – wahrnehmen konnte. Dann fiel auch mir nichts mehr ein. »Erzähl du wieder etwas«, sagte ich zu meiner Mutter.

Sie dachte nach, dann sah sie meinem Vater in die Augen. Ausgiebig schilderte sie, wie bauschige Wolken sich draußen auftürmten und es dann doch zuließen, dass Sonnenstrahlen sich zwischen sie schoben. Sie erzählte von Morgendämmerungen mit warmen Lichtspielen und solchen mit düsterer Stimmung. Von Tagen mit wilden Stürmen und von lauen Abenden, an denen die Luft so klar war, dass man die Gipfel am Horizont erblickte. Sie sprach, ohne dabei auch nur ein einziges Mal aus dem Fenster zu sehen. Bei ihren letzten Sätzen schlossen sich die Augen meines Vaters. Er starb nachts im Krankenhaus, allein.

Am Tag, an dem die Kremation angesetzt war, bat mich meine Mutter, zur Kirche und zum Friedhof zu gehen. Ich solle schauen, wie weit die Vorbereitungen fortgeschritten waren, die private Trauerfeier sollte ja noch am selben Abend stattfinden, die große Bestattung am nächsten Tag. Ich betrat die Kirche, die Mesnerin stellte gerade frischen Blumenschmuck auf den Altar. Der Bestatter hatte davor bereits die kleine Stellage platziert, auf der die Urne stehen würde. Oben am Presbyterium hantierte jemand mit einer Videokamera, mit der später das Begräbnis via Livestream in den Turnsaal der örtlichen Schule übertragen werden sollte, weil die Kirche zu klein für alle Trauergäste sein würde. Meine Mutter wollte ein schönes Begräbnis für meinen Vater, und dass es eine *große Leich* sein würde, davon gingen alle aus. Ich hatte eine Presseinformation verfasst, die wenige Stunden nach seinem Tod ausgesendet wurde, sodass wir mit unangekündigten Teilnehmern rechnen mussten, die aus der Zeitung davon erfahren hatten.

Der Videotechniker winkte mir, als er mich sah, senkte dann aber wieder die Hand. Ich nickte ihm stumm zu, verließ die Kirche und ging zum Grab. Die Sonne stand tief, mein Körper warf einen langen Schatten auf die frische Erde. Ein Loch war schon gegraben worden, genau an jener Stelle, an der mein Vater seine Urne haben wollte, wie er einmal im Scherz erwähnt hatte. Ich setzte meinen Weg zur Aufbahrungshalle fort, in der mein Vater in den Stunden vor der Kremation aufgebahrt lag. Unter meinen Füßen knirschten die Kieselsteine, eine Frau kam mir entgegen: »Letzte Gelegenheit, sich zu verabschieden«, sagte sie. Ein Satz, der mich an den Einlass ins Zirkuszelt erinnerte: *Hereinspaziert! Manege frei!* So kamen die Vorbereitungen mir jetzt vor, wie für eine große Leistungsschau begnadeter Artisten. Ich warf der Frau einen bösen Blick zu. Sie meine es nur gut, hätte meine Mutter sicher gesagt, wenn sie dabei gewesen wäre, oder ihren Lieblingssatz: *Der Wille gilt fürs Werk.*

Ich betrat das Leichenschauhaus. Mein dritter Besuch an diesem Tag, wieder war ich nicht allein. Ein Mann um die fünfzig stand vor dem verschlossenen Sarg, er heulte wie ein kleines Kind, Tränen liefen über seine Wangen. Ich kannte ihn, er hatte bei meinem Vater gelernt und sein ganzes Leben lang für ihn gearbeitet. Ich legte ihm die Hand auf den Arm, er begann, laut zu schluchzen, sein Oberkörper bebte. »Ich lasse dich wieder allein mit ihm«, sagte ich, verließ die Halle und machte die Tür sachte von außen zu. Tränen stiegen mir in die Augen. *Ein Indianer kennt keinen Schmerz*, sagte mein Vater manchmal, als ich noch klein war. Mit einem Taschentuch wischte ich eine Träne weg.

Am Abend fand die kleine Trauerfeier für Familie, Verwandte und die engsten Freunde statt. Ich war dankbar für diesen Moment, in dem ich in der Kirchenbank sitzen konnte und nichts tun musste. Die Tage davor hatte ich keine Zeit für meine Gefühle gehabt, weder für die Trauer noch für die Wut. Ich betrachtete den Sarg, in dem der tote Körper meines Vaters lag, und begann zu weinen.

In der darauffolgenden Nacht konnte ich nicht schlafen. Meine Mutter schlief in ihrem Zimmer, das Zimmer meines Vaters – sie hatten schon länger getrennt geschlafen – hatte sie für mich und meinen Mann vorbereitet. Unsere Kinder schliefen im Gästezimmer. Als ich aus dem Bad kam, schlief er schon, für mich hatte er jene Bettseite freigelassen, die mein Vater üblicherweise benutzt hatte. Ich konnte unmöglich auf dieser Matratze liegen und tippte meinem Mann auf die Schulter. Er fragte mit geschlossenen Augen, ob ich die andere Seite haben möchte, und rutschte hinüber. »Ich liebe dich«, sagte ich und schaltete das Licht aus. Er gab einen grunzenden Laut von sich, offenbar war er schon wieder eingeschlafen. Ich wälzte mich ein paar Mal im Bett herum, dann stand ich auf, nahm ein Buch und setzte mich ins Wohnzimmer. Um zwei Uhr läutete mein Handy, ich bekam eine Nachricht von einem Freund. Ein Herz und die Worte: *ich liebe dich für so viel und mehr, als du denkst.* Ein Irrläufer, dachte ich und musste schmunzeln. Ich beschloss, den Irrtum nicht aufzuklären, und las weiter. Dann, ein paar Minuten später, eine zweite Nachricht vom selben Absender: *und benutze mich, ich bin da.* Doch kein Irrläufer. Jemand, der an mich dachte, der wusste, dass mir eine solche Nachricht, wenn auch ein bisschen verrückt, gerade jetzt guttun würde. Mitten in der Nacht. Ich freute mich.

Am nächsten Tag war das Begräbnis meines Vaters. Ich hatte vier meiner besten Freunde eingeladen, sie warteten vor der Kirche, drinnen waren inzwischen fast alle Bankreihen besetzt. Sie sagten mir, dass sie versuchen würden, in meiner Nähe einen Platz zu bekommen. Eine Freundin umarmte mich, bevor ich mit meinem Mann und den Kindern die Kirche betrat, hinter meiner Mutter, meinen Brüdern und deren Partnern und Kindern. Beim Hineingehen hatte ich den unangenehmen Eindruck, von den Blicken Hunderter Menschen, die ich größtenteils nicht kannte, angefasst, berührt zu werden. Wir erreichten die reservierten Plätze in einer Ecke hinter einem Mauervorsprung, ich setzte mich neben meine Kinder und fing sofort an zu weinen. Es war keine Erleichterung, noch immer fühlte es sich an, als würde ein

Stein auf meiner Brust liegen. Nur einmal wurde mir leichter zumute, während ein Lokalpolitiker ein paar Worte sprach: Er verwechselte die Biografie meines Vaters stellenweise mit der meines Großvaters und dichtete ihm eine Tätigkeit als Chorleiter und Stabführer der örtlichen Blasmusik an. Ich musste lachen und hoffte, dass niemand es sah. *Was würden die Leute sagen?* Meine Eltern hatten diesen Satz zwar nie ausgesprochen, und doch wurden viele Entscheidungen auf dessen Basis getroffen.

Nach der Trauermesse fand eine Prozession durch den Ort statt, ein Umzug, wie er früher auch zum Erntedankfest oder Kinderfasching üblich war, nur mit anderer Grundstimmung. Die Blasmusik an der Spitze des Zuges stimmte schwere Töne in Moll an. Ich glaube, sie spielten den *Marche funèbre* nach einer Klaviersonate von Chopin, dann noch etwas anderes, irgendwann hörte ich nur noch die dumpfen Schläge einer Trommel. Leute aus der Nachbarschaft standen am Straßenrand und beobachteten den Trauerzug. Eines meiner Kinder ging neben Onkel Willi, der gemeinsam mit seiner Frau einen langsamen Schritt vor den anderen setzte.

Am Friedhof angekommen fiel mir auf, dass auf einem kleinen Erdhügel hinter dem Grab der Grabstein lehnte, der Steinmetz hatte wohl noch keine Zeit gehabt, ihn abzuholen. Die Namen meiner Großeltern waren in verblichener Goldschrift eingraviert: *Anton Anzgruber 1914–1983*, darunter *Eva Anzgruber 1919–1985*. Der Name meines Vaters sowie sein Geburts- und Sterbejahr würden in den nächsten Tagen ergänzt werden, *Rudolf Anzgruber 1939–2019.*

Vor dem offenen Grab bildete sich eine lange Schlange, eine Unzahl an Frauen und Männern führte die immer gleichen, sich wiederholenden Bewegungen aus. Ich war kaum in der Lage, einzelne Personen auszumachen, schüttelte endlos viele Hände. Einige der Trauergäste kondolierten nur meinen Brüdern, die nebeneinanderstanden. Als sie zu mir kamen, schauten sie mich an und drehten sich weg. Sie dachten wohl, ich würde nicht zur Familie gehören, denn ich war schon vor Jahrzehnten weggezogen. Endlich zwei Freundinnen aus Kindheitstagen. Sie warfen Erde auf die Urne meines Vaters, besprenkelten das Grab mit Weihwasser, bekreuzigten sich, kondolierten meiner Mutter und meinen Brüdern. Dann umarmten sie mich. Für einen Moment fühlte ich etwas Warmes in mir, eine Dankbarkeit dafür, getragen zu werden. Ich brach in Tränen aus, blickte in den Himmel, er war hellblau und klar. Hinter der Friedhofsmauer, über einer großen Wiese, zog ein Falke kreisrunde Flugbahnen, dann setzte er zum Sturzflug an.

Der November des Jahres 1949 war kalt gewesen. Eva fröstelte, als sie plötzlich etwas am Gang hörte, ihr Sohn Rudi huschte an der Küche vorbei. Mit einem Geschirrtuch wischte sie sich schnell die Tränen aus dem Gesicht und ging ins Vorzimmer. »Was ist los?«, fragte sie ihn. »Da sind komische Schatten an der Wand«, sagte er. »Monster. Sie sind noch da.« Eva begleitete Rudi zurück in sein Zimmer, überlegte, ob er Bescheid wusste, was sein Vater ihm gesagt haben könnte, während sie das Schlafzimmer und ihre Tochter nicht verlassen hatte. »Weißt du, was mit deiner Schwester passiert ist?« Er nickte. »Willst du darüber reden?« Er schüttelte den Kopf. »An der Wand sind komische Schatten«, wiederholte er. »Das schaut nur komisch aus, aber da ist nichts!«, beruhigte ihn Eva. »Siehst du, ich kann sogar selbst Schatten machen!« Sie verschränkte ihre Hände vor dem Licht auf dem Nachtkästchen, bewegte sie wie einen Flügelschlag, und schon zeichnete sich an der Wand ein flatternder Schmetterling ab. »Sie bewegen sich, die Schatten bewegen sich, ich habe Angst«, sagte Rudi. »Schlaf jetzt!«, sagte Eva. Sie war müde. Sie war so müde. Am liebsten hätte sie sich hier und jetzt auf den Boden gelegt, um ihr ganzes Leben lang nur noch zu schlafen. Rudi sah sie an und bettelte um eine Geschichte, und weil alles nichts half, begann sie zu erzählen:

Vor langer Zeit lebte eine Königin, die bat eines Morgens ihren Mann um eine Ausfahrt. Sie waren bereits unterwegs, da holperte das rechte hintere Rad über einen großen Stein. Die Kutsche knarrte und knackte bedrohlich und die Königin schaute besorgt aus dem Fenster. Der König befahl dem Kutscher, die Fahrt zu unterbrechen. Der Mann stieg ab, sah sich die Kutsche an und holte das Ersatzrad, montierte es und teilte dem König mit, dass der Schaden nun behoben war. So trabten die Pferde ruhig weiter. Der König und die Königin konnten die Fahrt noch in vollen Zügen genießen.

Eva zog den letzten Satzteil in die Länge, indem sie zwischen jedem einzelnen Wort eine Pause setzte. *In – vollen – Zügen – genießen.* Kein *Und wenn sie nicht gestorben sind*, auf gar keinen Fall diesen Satz. Sie kämpfte mit den Tränen, wollte aber nicht, dass Rudi sie weinen sah. Als sie ihm wieder in die Augen sehen konnte, schien er nachzudenken. »Ich will das linke vordere Rad sein«, sagte er, »das geht nicht kaputt.« Er gähnte und zog sich die Decke unters Kinn. Sobald ihrem Kind die Augen zugefallen waren, stand Eva auf und schlich sich aus dem Zimmer. Im Arbeitszimmer ihres Mannes brannte Licht. Aus dem Radio drang die markante Stimme von Günther Schifter. Der Ansager der Sendung *Klingende Kleinigkeiten* begrüßte die Zuhörer mit einem *Howdy, liebe Freunde!* Die Schreibtischlampe beleuchtete einen Brief von Anton an seine Eltern.

Jenseits, am 23. November 1949

Liebe Mama! Lieber Papa!

Was soll ich schreiben? Unsere schlimmsten Befürchtungen sind wahr geworden, Gabriele hat letzte Nacht aufgehört zu atmen. Eva liegt seither apathisch im Bett, was ja nur allzu verständlich ist. Sie hat sich lange geweigert, dem Kind die Krankensalbung geben zu lassen, und meinte immer, es sei zu früh.

Ich habe die Sterbekerze angezündet und nach dem Pfarrer geschickt, aber Eva hat ihn zuerst nicht zum Kind gelassen, er hat es verstanden. Aber jetzt, nach Gabrieles Tod, besteht sie sogar auf einem Grab im Garten des Schulgebäudes, also in unserer Nähe. In meiner Verzweiflung habe ich daran gedacht, ihr diesen unvernünftigen Wunsch zu erfüllen, aber es ist natürlich völlig unmöglich. Schlussendlich war Eva zumindest mit der Krankensalbung einverstanden, die der Pfarrer gleich vorgenommen hat, bevor sie es sich anders überlegen konnte.

Die Huberin vom Nachbarhaus hat sich heute um Eva und Rudi gekümmert, gekocht und den Haushalt gemacht. Es ist ein Segen, dass sie uns hilft. Aber es sollte jemand von der Familie da sein. Rudi braucht Ansprache, und ich muss ja auch wieder unterrichten. Falls es Dir, liebe Mutter, möglich ist, dann lass Dich zu uns fahren. Wenn Du den Zug nimmst, kann Dich der Huber Max sicher vom Bahnhof abholen. Ich wäre Dir sehr dankbar! Ich hoffe, dass Vater Dich ein paar Tage entbehren kann.

Es grüßt Euch

Euer Anton

Eva legte den Brief weg. Im Radio wurde der letzte Musiktitel des Abends angekündigt. Sie schaltete das Gerät ab, ging zurück ins Schlafzimmer und spritzte sich am Waschtisch Wasser ins Gesicht. Die weiße Emaille-Schüssel harmonierte grotesk mit dem hellen Stubenwagen und den Stahlrohrbetten. Sie hatten die Möbel im Schlafzimmer weiß gestrichen, um ihnen ein modernes Aussehen zu geben, was jetzt dazu führte, dass alles in diesem Raum an ein Lazarett erinnerte. Eva trat ans Fenster und schob den Vorhang ein Stück zur Seite, gerade so weit, dass sie nach draußen sehen konnte. Ihr Blick fiel auf Anton, der im Schulgarten stand und die kleine Mulde, die er zuvor ausgehoben hatte, wieder zuschüttete. Bei jedem Ausatmen blies er kleine Dampfwolken in den Himmel, eine Armada winziger, kristallklarer Dunstperlen, die deutlich zu sehen waren, weil sie warm waren und die Luft kalt. Das Loch, das er neben dem Gemüsebeet freigelegt hatte, war gerade einmal groß genug für eine Hutschachtel, dennoch hatte er offensichtlich Mühe, es wieder zu schließen. Er stützte sich auf die Schaufel, nahm ein Stofftaschentuch aus dem Mantel und wischte sich Schweiß von der Stirn. Der Mond stand schon am Himmel, während die Abendsonne in einem letzten Aufbäumen noch ein paar Strahlen ans Firmament warf. Plötzlich verdunkelte eine schwere Wolkendecke den Horizont. Eva hätte nicht sagen können, wie sie sich fühlte, nicht einmal, welches Gefühl angemessen gewesen wäre. Anton hatte ein paar Stunden zuvor eine Nachbarin eingeladen, deren Schwester innerhalb eines Jahres zwei Kinder verloren hatte. Die Nachbarin war einfach ins Schlafzimmer gekommen, obwohl sie dort lieber allein gewesen wäre, und hatte Eva erklärt, dass es normal war, großen Schmerz zu empfinden, so sei es jedenfalls bei ihrer Schwester gewesen, und dann fügte sie noch hinzu, dass Eva in den letzten Stunden sicher viel hatte weinen müssen, dabei, dachte Eva, habe sie gar nicht die Kraft gehabt für eine einzige Träne. Und während sie redete, sah ihr die Nachbarin fest in die Augen, mit einem forschenden Blick, und konnte sicherlich keine roten Augen entdecken. Eva wusste nicht, was angemessen war *in den letzten Stunden*. Sollte sie weinen? Oder schreien?

Sie wandte sich zum Stubenwagen, der neben dem Ehebett stand und in dem ihre Tochter lag, still und friedlich und mit einem Flaum am Kopf, der sich anfühlte wie das Fell eines neugeborenen Kätzchens. Gabriele lag da, als ob nichts geschehen wäre, lediglich ihre Augen waren gespenstisch starr geöffnet. Während sie ihre Tochter betrachtete, hörte Eva, wie die Wohnungstür ins Schloss fiel. Schritte ertönten auf den steinernen Stufen, die von den Klassenräumen der Schule in den ersten Stock führten, hinauf zu ihrer Wohnung, die Anton als Dienstunterkunft zugeteilt worden war. Die Schritte mussten von Anton stammen, denn Eva glaubte, seinen schweren Atem zu hören. Schließlich verstummten sie. Anton war bestimmt vor der Schlafzimmertür stehen geblieben und überlegte, ob Eva schon schlief. Sie war froh, dass er nicht eintrat, denn was um Gottes Willen hätten sie einander sagen können? Obwohl sie gewusst hatten, dass dieser Tag kommen würde, hatte sie doch nichts auf den Tod ihrer Tochter vorbereitet. Eva berührte kurz den Haarflaum des kleinen Mädchens, dann legte sie sich in ihr Bett und schlief ein.

Als sie aufwachte, drang das matte Licht der Morgendämmerung herein. Sie sah zu Antons Bett, konnte aber nicht erkennen, ob er darin lag. Er behauptete immer, Eva würde schnarchen, weshalb er sein Bett schon vor einiger Zeit von ihrem weggerückt hatte. Auf Zehenspitzen schlich Eva zu Gabrieles Stubenwagen, berührte zärtlich die Wangen ihrer Tochter und stellte fest, dass sie sich kalt anfühlten. Mit Tränen in den Augen tastete sie sich weiter zur Tür und schleppte sich über die kalten Fliesen bis in die Küche, ihr ganzer Körper war schwer wie ein Sandsack. Dort öffnete sie mit dem Schürhaken das Ofenloch, um sich nicht zu verbrennen, legte einen Scheit nach, gab etwas Kaffeeersatz in eine Kanne und goss ihn mit heißem Wasser auf, das sie dem Wasserschiff am Herd entnahm. Der Malzkaffee verbreitete einen klebrig-süßen Karamellgeruch. Eva betrachtete die Kaffeepackung, die mit einem Werbespruch versehen war: *Das Glück in der Schale.* Plötzlich konnte sie die Schrift nicht mehr lesen, die Buchstaben flirrten vor ihren Augen, dann verschwamm das ornamentale Muster der Bodenfliesen in ihrem Blickfeld. Sie kam ins Trudeln und setzte sich gerade noch rechtzeitig auf einen Sessel, wo sie hemmungslos zu schluchzen begann, bis ihre Tränen kleine Rinnsale auf dem Küchentisch bildeten. Als sie aufblickte, stand Anton in der Tür, er schien sie schon eine Weile beobachtet zu haben. Für einen Moment herrschte eine geradezu klinische Stille, die Anton beendete, indem er Eva erzählte, dass er beim Pfarrer gewesen war und dieser angeordnet hatte, das Kindergrab müsse sich am Friedhof befinden. Er verstehe Evas Wunsch, in Gabrieles Nähe zu sein, aber eine Bestattung im Garten komme keinesfalls in Frage, zumal der Pfarrer ein Grab außerhalb des Friedhofs nicht weihen dürfe. Außerdem gehöre ihnen der Garten ja gar nicht, und die Schulbehörde würde einem Kindergrab auf ihrem Grund sicher nicht zustimmen. Das alles tue ihm leid und dem Pfarrer auch, aber sie möge sich damit abfinden. Eva zuckte zusammen, aber erst, als Anton *bitte* sagte in einem Ton, der wie ein Befehl klang. Sie wandte sich von ihm ab, woraufhin er sanfter fortsetzte, er habe außerdem den Steinmetz getroffen und ihm gesagt, auf dem Grabstein solle Gabriele Maria und ihr Geburts- und Sterbejahr stehen. »Nein«, sagte Eva. Sie drehte sich um, sah ihren Mann an und spürte, wie die Lebensgeister wieder in ihr wach wurden: »Da soll *Unser Liebling Gabriele Maria* stehen.« Es war das erste Mal seit ihrem Tod, dass Eva den Namen ihrer Tochter aussprach.

Am folgenden Tag wurde im Wohnzimmer ein kleines Podest aufgebaut, flankiert von brennenden Kerzen und spärlich blühenden Pelargonien. In der Mitte lag Gabriele in einem offenen Kindersarg auf einem bestickten Wickelpolster. Eva hatte sie weiß angezogen und auf ihre Stirn ein gehäkeltes Blumenband gelegt. Die Augen des kleinen Mädchens waren noch immer geöffnet, obwohl der Pfarrer versucht hatte, die Lider nach ihrem Tod zu schließen. Sie lag da, als würde sie einfach an die Decke schauen und im nächsten Moment ein Schmatzen von sich geben. Als sie noch lebte, hatte sie nur in seltenen, kostbaren Momenten so zufrieden ausgesehen. Daran musste Eva jetzt denken und an die Schmerzen, die fast nie aufgehört hatten, Gabrieles Schmerzen und Evas Schmerzen. Das Kind hatte beinahe jeden Tag seit seiner Geburt geschrien, so lange, bis ihm die Luft ausging und es rot im Gesicht, dann blau am ganzen Körper wurde. Es hatte nach Atem gerungen, monatelang, bis sich schließlich die Lungen mit Wasser füllten, es Tropfen für Tropfen ertränkten. Für das Kind sei es eine Erlösung gewesen, sagten die Leute, während sie Eva und Anton kondolierten und sich danach zum Gebet niederließen. Einige ältere Frauen murmelten vielstimmig im Halbdunkel, während sie den Rosenkranz mit den verschiedenfarbigen Perlen durch ihre arthritischen Finger gleiten ließen, sie waren gerade bei einer weißen Perle angekommen. *Gegrüßet seist Du Maria voll der Gnaden, der Herr ist mit Dir, Du bist gebenedeit unter den Weibern und gebenedeit ist Dein keuschester Bräutigam Josef, der Nährvater der Frucht Deines Leibes.* Rudi saß auf einem Sessel in der Nähe des Sarges seiner Schwester. Er hielt die Hände vor eine Kerze und formte ein Hundemaul, das sich als großer Schatten an der Wand zeigte. *Heilige Maria, Mutter Gottes, und heiliger Josef, bittet für uns arme Sünder, jetzt und in der Stunde unseres Absterbens. Amen.*

Die Wohnung meiner Eltern befand sich in jenem alten Teil des Hauses, den meine Großeltern gebaut hatten, als mein Vater ein kleiner Bub war. Später übernahm mein Vater das Haus, erweiterte es gemeinsam mit meiner Mutter mehrere Male, um dem ständig wachsenden Unternehmen mehr Raum zu geben. Über die Jahre hatten sie eine Handelskette mit Filialen im ganzen Land aufgebaut, doch der Hauptsitz befand sich noch immer in diesem kleinen Ort im Innviertel. Das alte Haus beherbergte jetzt nicht nur die Wohnung meiner Eltern, sondern auch ein Bekleidungsgeschäft, ein Restaurant und einen Brautsalon. Bei jeder Erweiterung planten meine Eltern für die eigene Wohnung jene Flächen ein, die für das Geschäft weniger gut nutzbar waren. Alle Erträge wurden sofort in die Firma investiert, Entscheidungen danach getroffen, was für diese wohl am besten wäre. So kam es, dass die Wohnung meiner Eltern keinen privaten Eingang hatte, man konnte sie nur über den Kassenbereich des Modegeschäfts betreten.

In dieser Wohnung hatte meine Mutter aus dem Schlafzimmer meines Vaters ein Gästezimmer gemacht. Seit seinem Tod besuchte ich sie, sooft ich konnte, und blieb meist über Nacht. Nachdem ich an diesem Morgen, alles war noch dunkel gewesen, eine Zeitlang wach gelegen und meinen Gedanken nachgehangen hatte, schaltete ich die Nachttischlampe ein. Das Zimmer meines Vaters sah noch kleiner aus als sonst, es ließ nichts von dem beträchtlichen Wohlstand erkennen, zu dem es meine Eltern gebracht hatten. Auf einer Kommode standen die Dinge, die ihm wichtig gewesen waren: alte Bierflaschen einer aufgelassenen Brauerei, die er gekauft und zu einem Einkaufszentrum umgebaut hatte. Ein paar Bücher, vor allem Biografien von Unternehmern, sowie die Auszeichnung »Gast des Jahres« eines Kreuzfahrtunternehmens, bei dem meine Eltern buchten, weil die Reisen dort vergleichsweise billig waren.

Ich setzte mich im Bett meines Vaters auf, der Sisalteppich kratzte an den Fußsohlen. Die Leuchtziffern des Digitalweckers zeigten fünf Uhr vierzig. Meine Mutter hatte am Vorabend angekündigt, dass sie heute die Kleider meines Vaters ausräumen wollte. Ich öffnete eine Tür des Einbaukastens. Vor mir hing eine Reihe grauer und blauer Anzüge, daneben auf einem Kleiderbügel Krawatten in unterschiedlichen Farben. Mein Vater hatte sie bestimmt nicht selbst ausgesucht, Einkäufe hatte meine Mutter für ihn erledigt. Kurz vor seinem Tod hatte sie einen Morgenmantel gekauft, den sie mit ins Krankenhaus hatte nehmen wollen, sobald es ihm besser gehen würde. Der Morgenmantel hing noch immer da, unbenutzt, das Preisschild baumelte am Ärmel. Ich schloss die Tür und ging in die Küche, wo Licht brannte.

Die klobige Espressomaschine, die meine Brüder und ich unseren Eltern geschenkt hatten, machte beim Einschalten einen Höllenlärm. Ich stellte zwei Tassen Kaffee auf den Tisch. Meine Mutter war schon wach und schien voller Unruhe zu sein: Kaum saßen wir zusammen, sprang sie auf, um große Müllsäcke zum Einpacken der Sachen meines Vaters zu holen.

Wenig später standen wir vor dem Kasten und schlichteten Kleidungsstücke auf das Bett. Da waren leicht ausgebleichte Jacken, Hemden mit abgewetzten Ärmeln und Hosen, die er so lange getragen hatte, bis der Stoff dünn und die Farbe fahl geworden war.

Meine Mutter erklärte mir, was ich in die Altkleidersammlung geben könne, welche noch schönen Sachen an Freunde und Bekannte zu verteilen seien und was ich wegwerfen könne. Irgendwann hatte ich seinen blauen Jogginganzug in der Hand, der über die Jahre ein verwaschenes Grau angenommen hatte. Das Oberteil war mit seinem Monogramm bestickt: RA. Daneben befand sich die Ziffer 1, umrahmt von einem stilisierten Lorbeerkranz. Mein Vater liebte dieses Kleidungsstück. Meine Mutter strich gedankenverloren über das Monogramm, dann legte sie den Jogginganzug zur Seite.

Wir hatten bereits die Anzüge, Hemden, Krawatten und Jacken ausgeräumt, nur ein voluminöser Mantel war noch übrig geblieben. »Ist das der Pelz?«, fragte ich. »Eine Idiotie war das«, sagte meine Mutter und schüttelte den Kopf. Natürlich war ihr diese Idiotie nicht aufgefallen, als sie den unfassbar teuren Nerz gekauft hatte. Sie hatte damals gemeint, sie müsse sich nobel kleiden auf den Modemessen, wo sie für das Unternehmen den Einkauf erledigte. Tatsächlich zog sie den Pelzmantel zum Besuch der Messe an, allerdings der katholischen, und füllte damit einen Großteil der Kirchenbank aus.

Wie alle Menschen hofften auch meine Eltern auf Anerkennung. Mein Vater genoss es, Journalisten durch sein Unternehmen zu führen. Wir Kinder wurden dabei den Medienvertretern vorgestellt, mein Vater nannte die Namen meiner Brüder, mich bezeichnete er als »Nummer zwei«. Die Zeitungen schmückten die Erfolgsgeschichte meines Vaters märchenhaft aus. Sie druckten Fotos meiner Eltern ab, in stolzer Pose vor der Firmenzentrale, wir Kinder mussten mit aufs Bild, als dekoratives Beiwerk und Beleg dafür, dass auch ein viel beschäftigtes Unternehmerpaar ein glückliches Familienleben haben kann, wie in mehreren Berichten angemerkt wurde.

Ich ließ den Pelzmantel im Kasten, gab ein paar neue Blätter Mottenpapier in den Kleidersack und öffnete die Schubladen. Währenddessen ging meine Mutter in die Küche, um weitere Müllsäcke zu holen. Zurück im Schlafzimmer betrachtete sie die Anzüge, Hosen und Hemden, die sich auf dem Bett stapelten. Obenauf lag eine Windjacke, die mein Vater immer im Urlaub getragen hatte. Meine Mutter streichelte zärtlich über den grauen Stoff, während sich ihre Augen mit Tränen füllten. »Viele Erinnerungen«, sagte sie. »So viele Erinnerungen!« Sie bat mich, allein weiterzumachen, sie wolle sich hinlegen. Ich dachte daran, was mir eine Freundin erzählt hatte. Nach dem Tod ihres Mannes sei ihr Leben in zwei Teile zerfallen: in ein Leben davor und in ein Leben danach.

Ich setzte mich aufs Bett und öffnete die oberste Nachttischlade. Darin befanden sich ein Brillenetui, ein Tablettenbehälter mit dem Schriftzug *morgens, mittags, abends, nachts*, außerdem eine Schachtel mit Nagelzwickern. Sie hatten alle braune Rostspuren. Ein paar Wochen vor seinem Tod hatte ich meine Eltern besucht und meinen Vater um eine Nagelschere gebeten. Als er mir einen der rostigen Nagelzwicker anbot, aus dieser Schachtel aus dem Nachtkästchen, rümpfte ich die Nase und sagte, damit könne ich keine Nägel schneiden. Daraufhin holte er einen glänzenden Nagelzwicker aus dem Badezimmer und schenkte ihn mir.

Ich schloss die Nachttischlade, dann legte ich die Windjacke zurück in den Kasten, mit einem Säckchen Lavendel gegen die Motten. In diesem Zimmer, in der untersten Schublade der Kommode, hatte ich vor Monaten den Abschiedsbrief an meine Brüder gefunden. Als ich jetzt daran dachte, spürte ich, wie sehr mir die Energie fehlte. Ich hatte kaum mehr Kraft, um mit dem Ausräumen weiterzumachen, aber ich wollte es auch hinter mich bringen.

Nachdem schon fast alle Kleidungsstücke verpackt waren, öffnete ich die unterste Lade des Einbaukastens. Dort lag nur der uralte Wollpullover, dessen Naphthalin-Gestank mir von der nächtlichen »Suchaktion« vor dem Tod meines Vaters noch in Erinnerung war. Damals hatte ich das miefige Ding gelassen, wo es war. Jetzt nahm ich das Kleidungsstück leicht angeekelt heraus, da fiel ein dünner grauer Schuber auf den Teppichboden. Ich hob ihn auf und sah, dass darin schwarze Kartonbögen steckten, die mit einer roten Schleife zusammengebunden waren. Vorsichtig zog ich sie heraus. Jemand hatte darauf kleine Schwarz-Weiß-Fotografien geklebt, die mit einem weiß-gewellten Rand verziert waren. Auf einem der Bilder erkannte ich meinen Vater. Er muss damals ungefähr acht oder neun Jahre alt gewesen sein und hielt eine Katze im Arm. Daneben erkannte ich die makellose Oberlehrer-Handschrift meines Großvaters: *Rudi*.

Die Katze war getigert, ganz anders als jene Katze, die ich als Kind besessen hatte. Ich durfte damals zwar keine Katze zu Hause halten, denn die Wohnung meiner Eltern befand sich im Geschäft, ein Tier würde hier nur stören. Allerdings konnte ich meine Großmutter überzeugen, ein Katzenbaby in ihrem Haus aufzunehmen. Mit ihrem Tod verschwand auch meine Katze. Jahre später erzählte einer meiner Brüder, dass mein Vater jemanden beauftragt hatte, die Katze zu töten. Natürlich fragte ich meine Mutter, ob das stimmte. Es habe keine andere Lösung gegeben, eine Katze passe eben nicht in ein Geschäft, sagte sie.

Ich spürte die Wut in mir hochkochen, als ich das Foto meines Vaters mit der Katze betrachtete, und blätterte weiter. Auf der nächsten Seite posierte mein Großvater inmitten seiner Schüler. Er war eindeutig erkennbar an den weit abstehenden Ohren und einem selbstbewussten Lachen, das später, im hohen Alter, noch genauso aussah. Seine Haltung drückte Stolz aus, als Lehrer war er angesehen im Ort. Er zeigte der Kamera das breite Grinsen der Cheshire Cat aus *Alice im Wunderland.*

Sein Lachen passte in keiner Weise zu den Bildern, die auf dem nächsten Kartonbogen folgten: Auf unscharfen Fotografien konnte ich eine Prozession dunkel gekleideter Menschen erkennen, ganz offensichtlich ein Trauerzug. Auf einem der Bilder sah ich einen Grabstein, darauf stand: *Unser Liebling Gabriele Maria, 1948–1949.*

Wieder war es die Handschrift meines Großvaters, er musste das Album gestaltet haben. Auf der rechten Seite hatte er mehrere Fotos eines Babys eingeklebt. Ich betrachtete das süße, runde Gesicht. Sein Körper war mit einem bestickten Tuch zugedeckt, nur die kleinen Hände lugten darunter hervor, rund um das Kind standen Kerzen und Blumen. Neben dem Bild hatte mein Großvater *Gabriele, 1949* notiert.

Als ich vor dem Schlafzimmer Schritte hörte, steckte ich die Fotokartons in den Schuber zurück. Meine Mutter stand in der Tür und sah mich fragend an. Ich nahm die Kartonbögen wieder heraus und zeigte ihr die Fotos mit dem aufgebahrten Baby, deutete auf die sorgfältig geformten Buchstaben, weiße

Kurrentschrift und arabische Zahlen auf schwarzem Fotokarton: »Das ist Opas Schrift. Aber warum hat Papa diese Bilder aufgehoben, wer ist dieses Kind?« Meine Mutter sah sich die Fotos eine Weile an, dann sagte sie: »Das ist Gabriele, die Schwester deines Vaters. Sie ist schon als Baby gestorben, im Jahr 1949«, und nach einer kurzen Pause fügte sie hinzu: »Ich wusste nicht, dass es diese Fotos gibt.«

»Wirklich? Wenn Papa dir von ihr erzählt hat, warum hat er dir dann dieses Album nicht gezeigt?«

»Er wollte eigentlich nicht über sie sprechen. Sie sei als kleines Kind gestorben, davor habe sie viel geweint. Das ist eigentlich alles, was er gesagt hat.«

»Und wieso hat sie ein eigenes Kindergrab, hätte man sie nicht in unserem Familiengrab bestatten können?«

»Gabriele ist ja in Jenseits gestorben, dort ist sie auch begraben.«

»Dann kann ich das Grab also besuchen?«

Meine Mutter schüttelte den Kopf: »Es ist schon vor langer Zeit aufgelassen worden.«

»So ein Grab kann man einfach auflassen?«, fragte ich verwundert.

»Nach ein paar Jahren schon. Außerdem sind deine Großeltern bald nach ihrem Tod von dort weggezogen, vermutlich hat sich niemand um das Grab gekümmert. Wie gesagt, ich kann dir auch nicht mehr sagen, weil dein Papa und ich nur ein einziges Mal darüber gesprochen haben.«

»Aber wieso wollte er nicht darüber reden?«

»Papa war ja noch klein, als Gabriele gestorben ist. Es war ihm vielleicht nicht wichtig«, sagte meine Mutter achselzuckend.

»Es kann ihm doch nicht egal gewesen sein!«, protestierte ich. »Und außerdem, warum habt ihr mir nie von Gabriele erzählt? Warum haben Oma und Opa nicht mehr darüber gesprochen? Ich hätte es gerne erfahren.«

»Es war nicht wichtig«, wiederholte meine Mutter.

Ich fühlte wieder Wut in mir aufsteigen. Ein Gefühl von Ekel, das ich am liebsten herausgewürgt hätte.

»Was heißt nicht wichtig?«

»Wir waren eben beschäftigt.«

»Zu beschäftigt? Nicht wichtig?« Ich wiederholte die Worte meiner Mutter, während ich im Zimmer auf- und abging und mit den Händen herumfuchtelte, als ob ich die stickige Luft im Schlafzimmer meines Vaters wegschieben könnte.

»Schau, Katharina –«, sagte meine Mutter.

»*Schau, Katharina* … Immer heißt es: *Schau, Katharina*!«

»Bist du böse?«

»Dazu hab ich ja wohl allen Grund, oder nicht? Zuerst redet Papa nicht über seine Schwester und dann redet er nicht mit seiner Tochter.«

»Du tust ihm unrecht.«

»Findest du? Wir haben kein einziges gutes Gespräch geführt.«

»Das liegt vielleicht auch an dir.«

»Jetzt bin ich schuld?«

»Er war kein schlechter Vater.«

»Ach, und wie erklärst du dir, dass er Toni und Thomas einen Abschiedsbrief geschrieben hat und mir nicht? Aus demselben Grund, weshalb er nicht über seine tote Tochter sprechen wollte?«

Meine Mutter sah mich hilflos an.

»Du meinst seine tote Schwester«, sagte sie.

»Hab ich doch gesagt. Du kannst nicht von mir verlangen, dass ich das so hinnehme. Und überhaupt: Papa ist tot, es gibt keinen Grund mehr, mit dem ganzen Theater weiterzumachen!«

»Was soll das denn heißen, *das ganze Theater*?«, fragte meine Mutter, und ich konnte ihrem Blick nicht entnehmen, ob sie um Verständnis bemüht, verärgert oder einfach nur genervt war. Jedenfalls wollte ich jetzt keinen Millimeter nachgeben, ihr keinen Vorwurf ersparen.

»Na, das ganze Theater um Papas Begräbnis, die vielen Gäste, die Journalisten, der Landeshauptmann als Trauerredner, der Livestream. Ich meine, der ganze Rummel um ihn, sogar nach seinem Tod. Dabei hat er selbst alles getan, dass Frauen in seinem Umfeld übersehen werden.«

»Aber das stimmt doch nicht«, versuchte sie mich zu beruhigen.

»Natürlich stimmt das. Er hat nie von seiner Schwester

gesprochen. Er hat nie betont, dass er das Unternehmen gemeinsam mit dir führt. Und er hat einen Abschiedsbrief geschrieben, in dem er mich ignoriert. Ich hab für ihn nie existiert«, schrie ich, schlug die Schlafzimmertür hinter mir zu und rannte in die Küche.

Die Espressomaschine gab eigenartige Geräusche von sich, ohne dass jemand sie berührt hätte. Ich drehte an einem Knopf und ließ das heiße Wasser laufen, bis es über die Fangschale tropfte.

»Sehr erwachsen!«, sagte meine Mutter, die mir in die Küche gefolgt war.

»Warum hat er mir keinen Abschiedsbrief geschrieben?«

»Das ist ihm sicher gar nicht aufgefallen, das muss dich doch nicht kränken.«

Es klang wie: Das darf dich nicht kränken. Meine katholische Mutter, immer bereit, jedes Opfer zu bringen, alles zu akzeptieren, falls nötig, alles zu verdrängen.

»Ich will jetzt sofort wissen, wo Gabrieles Grab ist«, beharrte ich.

»Und was soll das bringen?«

»Ich will, dass alle wissen, dass sie gelebt hat.«

Noch am selben Tag schrieb ich eine Nachricht an die Pfarre von Jenseits, wo Gabriele gestorben war, mit dem Betreff: *Auskunft zu einem Kindergrab von 1949*.

Gabrieles Todestag jährte sich in der kommenden Woche bereits zum vierten Mal. Eva wusste, dass die Leute hinter ihrem Rücken redeten, weil sie viel Zeit am Grab ihrer Tochter verbrachte, selbst an diesem kalten Tag im November 1953. Sie setzte immer wieder neue Blumen, die teuer und manchmal auch schwer zu bekommen waren, Anton brachte sie mit, wenn er zu Fortbildungen fahren musste. Eine normale Frau könne sich das weder leisten, noch habe sie die Zeit dafür, so sagte man im Dorf. Aber die Frau des Lehrers habe ja sonst nichts zu tun, keinen Hof zu bewirtschaften, keine Tiere zu versorgen. Und nur mehr ein Kind, ein einziges, das mache ja wirklich nicht viel Arbeit.

Eva wusste, was die Leute redeten, doch es war ihr egal. Bald würde sie mit ihrer Familie wegziehen, wenn auch ungern. Was sie jetzt störte, war nicht das Gerede, sondern es waren die Rehe, die sie eigentlich gernhatte. Sie kamen vom Wald über die Wiese beim Friedhof bis zu Gabrieles Grab, wo sie immer wieder die frisch gesetzten Pflänzchen abfraßen. Eva führte eine persönliche Fehde gegen die zierlichen Tiere, die offenbar jene Blumen bevorzugten, die sie eben erst gepflanzt hatte, sie nahm es persönlich.

Die Bergenie in ihrer Hand war groß und robust genug. Eva hatte sich für diese Sorte entschieden, weil sie auf einem anderen Grab gesehen hatte, dass die Tiere sie in Ruhe ließen.

Und sie mochte die glatten, immergrünen Blätter, die den Winter überdauern würden. Die Vorstellung, dass die kleinen Blüten im Frühling die herrlichsten Rosa- und Rottöne hervorbringen würden, machte sie froh und traurig zugleich.

Eva drückte den Wurzelballen der letzten Pflanze in den Boden, da streifte sie der Saum einer schwarzen Soutane. Sie blickte auf und sah den Pfarrer, der neben ihr stand, sie war so versunken in ihre Tätigkeit, dass sie ihn nicht hatte kommen hören. Seine Soutane wogte nach allen Seiten wie ein Trachtenrock.

»Mein Beileid«, sagte er und wollte ihr die Hand geben, während Eva eilig aufstand. Sie zeigte ihm ihre dreckigen Handflächen und lächelte verlegen. Sie wusste nicht, was er meinte, Gabriele war schon vor vier Jahren gestorben und sonst waren keine Todesfälle zu beklagen.

»Weißt du es noch nicht? Dein Bruder Helmut wurde für tot erklärt. Ich habe es selbst nur inoffiziell erfahren, aber es dürfte stimmen. Wir werden seinen Namen am Kriegerdenkmal eingravieren lassen, sobald ich die Dokumente bekommen habe«, sagte der Pfarrer.

Jetzt verstand Eva. Es ging um ihren Bruder, der nicht aus dem Krieg zurückgekehrt war. So lange hatten ihre Eltern gehofft, dass er vielleicht zu jenen gehören könnte, die in russische Kriegsgefangenschaft geraten und erst später freigelassen worden waren, aber dann waren die Eltern selbst gestorben, bevor sich diese Hoffnung erfüllen konnte, beide innerhalb eines Jahres. Die Sorge um den einzigen Sohn hatte sie in den Tod getrieben, so erklärten es sich die Leute. Eva wollte nicht darüber nachdenken. Sie wusste, was noch an Tratsch und Klatsch über die Stammtische und durch die Stuben waberte: Dass sie ihre Eltern, den einzigen Bruder und die Tochter in so kurzer Zeit verloren hatte, das sei nicht spurlos an ihr vorübergegangen. Niemand könne so viele Schicksalsschläge verkraften, ohne verrückt zu werden. Und verrückt war Eva aus der Sicht der Dorfbewohner, das stets makellose Grab ihrer Eltern und vor allem das viel zu oft neu bepflanzte Kindergrab Gabrieles galten ihnen als blühende Beweise des Irrsinns.

Die Nachricht über ihren Bruder traf Eva unvorbereitet. Sie hatte schon länger nicht an ihn gedacht. Mit seiner Rückkehr hatte sie zwar nicht mehr gerechnet, sie in besonders schweren Stunden aber doch erhofft.

»Danke«, sagte sie gefasst. Sie war wütend über die Art und Weise, wie der Pfarrer mit ihr sprach und dass er mit wenigen Sätzen den letzten Funken Hoffnung ausgelöscht hatte, aber sie wollte es sich keinesfalls anmerken lassen. »Danke, dass Sie Helmuts Namen am Kriegerdenkmal eingravieren lassen. Meine Eltern würden das zu schätzen wissen.«

»Wir hätten das schon früher gemacht. Aber wir haben ja alle gehofft, dass er vielleicht noch zurückkommt. Wir wollten sozusagen nichts in Stein meißeln.«

Der Pfarrer gab ein Glucksen von sich, wie er es immer machte, wenn er glaubte, etwas Lustiges gesagt zu haben. Gleich danach war es ihm unangenehm.

»Schön hast du das Grab gemacht«, sagte er, wieder bemüht um eine der Situation und der Nachricht angemessene Stimme.

Eva zupfte am schwarzen Trauerband, das sie seit Gabrieles Tod am Oberarm trug. Sie hatte Anton versprochen, es noch vor dem Umzug abzulegen, er wollte nicht, dass am neuen Wohnort gleich über die Familie geredet würde.

»Wir werden noch vor dem Altjahrestag wegziehen,« sagte sie. »Nach Höhenhart, Anton hat dort eine neue Lehrerstelle bekommen.«

»Ich weiß«, sagte der Pfarrer, »er hat es mir in der Schule erzählt. Von Jenseits nach Höhenhart zu ziehen, das ist ein Aufstieg!«

Der Pfarrer lachte dieses Mal fröhlich über seinen Scherz, stellte das Lachen jedoch schnell wieder ein, als er sah, dass sich Evas Miene nicht aufhellte.

»Ja, richtig, dann wissen Sie ja Bescheid.«

»Nun, dann ist alles geklärt«, schloss der Pfarrer, nickte und drehte sich um.

»Warten Sie! Ich hätte noch eine Bitte«, sagte Eva.

»Ja, sprich!«

»Ich möchte jeden Tag Gabrieles Grab besuchen.«

»Aber natürlich, du bist hier immer willkommen!«

»So meinte ich es nicht. Höhenhart ist viel zu weit weg, um regelmäßig hierherzufahren, wir können uns keinen Wagen leisten. Ich möchte Gabrieles Grab deshalb in unserer Nähe haben.«

»Du denkst an eine Verlegung des Kindergrabs?«

»Ja, das wäre mir ein Anliegen.«

»Habt ihr denn ein Familiengrab in Höhenhart?«

»Nein, wir haben dort ja keine Verwandten. Antons Familie lebt in Linz. Und meine Eltern, nun, das wissen Sie ja …«

»Eine Verlegung könnte ich nur dann genehmigen, wenn Verstorbene in einem Familiengrab zusammengeführt werden.«

»Könnten Sie nicht eine Ausnahme machen, für meinen Mann? Ich weiß, wie gut Sie in der Schule zusammenarbeiten. Anton schätzt Sie ungemein.«

»Es tut mir leid, aber ich kann nicht helfen. Die Regeln gelten für alle, was würden die Leute sonst denken? Du verstehst das sicher. Aber falls du über Gabriele oder deinen Bruder sprechen willst, dann komm zur Beichte.«

Eva wollte noch etwas sagen, doch der Pfarrer eilte bereits zurück zur Kirche. Die Wege waren frisch mit kleinen Kieselsteinen bestreut worden, sodass bei jedem seiner Schritte ein knirschendes Geräusch entstand, das einem die Nackenhaare aufstellte.

Als sie sich wenig später auf den Heimweg machte, setzte die Dämmerung ein, ein paar Fledermäuse flatterten zwischen den Bäumen. Anton hatte eine Gesprächsrunde in der Schule abgehalten, die zu Ende gegangen war. Die Mütter standen noch vor dem Eingang zusammen, manche von ihnen hatten für den Anlass extra die Feiertagstracht angezogen, Eva grüßte sie im Vorbeigehen.

Sie stieß die Tür des Gebäudes auf und hetzte die Stiegen nach oben in die Wohnung. Das Nachtmahl hatten sie bereits gegessen, bevor sie zum Friedhof und Anton zu seiner Aussprache gegangen war. Rudi war alt genug, um allein in der Wohnung zu bleiben. Er war gerne daheim und las, während die anderen Kinder zum Spielen am Bach oder in den Wald ausschwärmten, sofern sie nicht bei der Ernte oder im Haus helfen mussten. Rudi hatte ein bequemeres Leben und doch war er abends genauso müde wie jedes Kind, vielleicht sogar noch mehr als die anderen. Eva schaute ins Kinderzimmer, ihr Sohn schlief bereits. Ein aufgeschlagenes Heft mit Bildstreifen-Geschichten lag quer über seiner Brust. Sie verstaute es in seinem Nachtkästchen, zog ihm die Decke bis zum Kinn, gab ihm einen Kuss auf die Stirn und schloss die Tür vorsichtig von außen.

Sie ging ins Schlafzimmer, legte ihr Kleid, den Unterrock, den Strumpfgürtel und die warmen Strümpfe auf den Sessel neben dem Bett und streifte sich das neue Nachthemd über, das sie genäht hatte. Sie hatte die freie Stelle am Rücken, die bis zur Hüfte hinunterreichte, offen gelassen und mit weißen Wollfäden zusammengebunden – ein Einfall, der ihr während des Nähens gekommen war, sie wollte Anton damit überraschen, er hatte ja am nächsten Tag Geburtstag.

Trotzdem oder gerade deshalb hoffte sie, dass er nicht so bald nach Hause kommen würde, denn im Schlafzimmer sah es noch immer furchtbar aus. Eva hatte am Nachmittag geputzt, dabei war ihr Nachtkästchen umgefallen. Die Sachen lagen am Boden verstreut: eine Nagelschere, die alte Armbanduhr ihrer Mutter, bestickte Stofftaschentücher und noch ein paar andere Dinge. Eva war so eilig zum Friedhof aufgebrochen, dass sie das *Gschtori* nicht mehr beseitigt hatte. Aber noch war Zeit dafür, denn Anton würde erst später in die Lehrerwohnung hochkommen, nachdem er Ordnung im Klassenraum geschaffen und sich mit der zweiten Lehrkraft besprochen hatte.

Eva hob zwei Briefe vom Boden auf, die Anton ihr vor vielen Jahren während des Krieges geschickt hatte, und begann zu lesen:

Minsk, 30. April 1944

Meine geliebte Eva, Herzensliebling, Du süßes Frauli!

Entschuldige bitte, dass ich nicht sofort antworten konnte, obwohl ich von Dir so reich beschenkt worden bin mit der schönsten Feldpost, die man sich vorstellen kann. Deine lieben Zeilen freuen mich immer unendlich und lassen mich innerlich wieder von ganzem Herzen aufleben, weil sie mir verraten, wie lieb

Du mich hast und wie viel Du mir als Frau und Mutter unseres Sohnes bist. Dir und Rudi geht es also gut, das freut mich, ich wünsche nichts mehr als Euer Glück und Wohl!

Du erhältst diesen Brief erst heute von mir, denn ich muss ihn diktieren. Mein linker Oberschenkel wurde von Explosivgeschossen eines Maschinengewehrs getroffen, als wir im Dauerfeuer lagen. Die Kameraden haben es zuwege gebracht, mich ins Feldlazarett zu zerren, wo ich operiert wurde. Ich bin noch immer sehr schwach, der Ischiasnerv wurde zweimal durchschlagen, der linke Fuß ist gelähmt, aber die Ärzte sagen, das wird wieder.

Sobald ich transportfähig bin, bringt mich ein Verwundetentransport nach Wien, wahrscheinlich ins Nervenlazarett am Rosenhügel. Dort werden sie auch die weitere Tauglichkeit untersuchen, was darüber entscheidet, ob ich zur häuslichen Pflege heimkehren darf oder nach der Behandlung wieder zu meiner Kompanie zurückmuss. Vielleicht werde ich auch an der Westfront eingesetzt, da schon jetzt Mannschaften von uns dorthin abgezogen werden. Wir werden es abwarten müssen, aber so bald ist an meine neuerliche Kriegsverwendung ohnehin nicht zu denken.

Mach Dir bitte keine Sorgen um mich! Du hast ja in einem Deiner Briefe geschrieben, wie sehr Du die Nachbarin beneidest, deren Mann schon mit einer »günstigen Verwundung« heimgekommen ist. Nun, eine günstige Verwundung ist meine zwar nicht, aber ich bin recht zuversichtlich, dass ich wieder gesund werde. Und die Aussicht, bald bei Dir und Rudi zu sein, und wenn es vielleicht auch nur für ein Stündchen in Wien ist, erfüllt mich mit Freude und Glück.

Ich schreibe Dir wieder, sobald es geht!

Bis dahin innigste Küsse von Deinem Dich liebenden Anton

Eva sah auf die schnörkeligen Buchstaben, die Anton auf das dünne Blatt Papier gezeichnet hatte, und schämte sich einmal mehr wegen des Gefühls der Dankbarkeit, das sie damals mit diesem Brief verbunden hatte. Tief in ihrem Herzen war sie froh darüber, dass er verwundet worden war und nicht mehr an die Front musste, dass sein Leben nicht mehr in Gefahr sein würde, wenn er auch eine schwere Verletzung davongetragen hatte, die vielleicht nie mehr ganz ausheilen würde.

Im Kuvert des Briefes hatte sie auch eine Postkarte aufgehoben, die Anton ihr vier Monate später geschrieben hatte. Er hatte sich gut erholt, sie konnte sich noch an die Freude erinnern, die sie empfunden hatte, denn es waren weitere, sehr gute Nachrichten mit seiner Genesung verbunden:

Wien, 25. August 1944

Eva, Du mein Herzensliebling!

Für Deinen Brief, mein liebes Frauli, allergrößten Dank! Ab sofort darf ich das Lazarett verlassen, zumindest einige Stunden am Sonntag, wenn es mir recht gut geht, dann sogar das ganze Wochenende. Du besuchst mich bald, nicht wahr?

Ein Studienfreund hat mir zu diesem Anlass Unterkunft in seiner Wohnung angeboten, aber ich möchte ein Hotelzimmer nehmen, dann sind wir freier. An Unterhaltung wird es schon nicht fehlen, dafür sorgen wir ja selbst. Wenigstens kommen wir so auf unsere Kosten, und darauf freust Du Dich, wenn Du ehrlich bist, auch sehr! Bitte triff schnell alle Vorbereitungen für Deinen Besuch! Es wäre auch schön, Rudi in die Arme zu schließen! Falls Du ihn mitnimmst, schreib es mir vorher. Dann frage ich meinen Studienfreund und seine Frau, ob sie ein wenig auf ihn schauen können, damit wir auch Zeit für uns haben. Nun nehme ich Dich im Geiste küssend und liebkosend in meine Arme und grüße Dich herzlichst als Dein treuer Anton.

Eva steckte die Postkarte und den Brief wieder in den Umschlag. Auch ein Buch lag am Boden, das sie schon vor langer Zeit gelesen hatte, mit dem Titel *Die eheliche Pflicht*. Eine Stelle hatte sie damals, nach ihrer Hochzeit, markiert: *Die Frau hat nach dem Beischlafe heftige Bewegungen zu meiden. Sie verlasse daher ohne dringende Not das Lager nicht mehr und lege sich eine Weile mit fest geschlossenen Oberschenkeln auf die Seite. Auf diese Weise wird der Ausfluss des männlichen Samens am besten verhindert und eine erwünschte Schwängerung erzielt. Rasches Emporspringen vom Lager, ja selbst das bloße Aufrichten von demselben, auch eine bald auf den Beischlaf folgende Harn- oder Darmentleerung kann sehr leicht den Zweck des Zeugungsaktes vereiteln.*

Eva klappte das Buch zu, richtete das Nachtkästchen auf und räumte das Buch weg. Antons Schritte waren auf den Steinstufen zu hören. Er betrat das Schlafzimmer und sah verwundert auf die verstreuten Sachen am Boden, dann zu seiner Frau. Eva wich seinem Blick aus und begann, alles aufzuheben.

»Schläft Rudi schon?«, wollte Anton wissen.

»Ja, er war müde. Wir wollen morgen den Kuchen für deinen Geburtstag backen«, sagte Eva.

»Das freut mich!«, sagte Anton mit einem breiten Grinsen. »Aber wir beide können ja gleich feiern. Ich meine, jetzt ginge es doch, wo Rudi schläft …«

»Aber du hast doch erst morgen Geburtstag! Und Rudi will sicher dabei sein.«

Anton sah sie enttäuscht an, wechselte das Gesprächsthema und erzählte vom Treffen mit den Eltern. Im Nachbarort hätten die Schüler Schundhefte abgeben müssen, es habe eine Sammelaktion an der Schule gegeben. Er erklärte, sie würden das auch machen: »Diese Bildstreifen-Hefte verbreiten sich wie die Pest. Der Name sagt ja schon alles, *Micky Maus*! Es ist auf jeden Fall besser für die Kinder, wenn sie solchen Schund nicht lesen.«

Eva war froh, dass sie das Buch *Die eheliche Pflicht* schon verstaut hatte, weil sie ahnte, dass Anton auch über Frauenratgeber nichts Gutes dachte.

»Ich habe mit dem Pfarrer gesprochen«, sagte sie. »Es ist wegen Gabrieles Grab, er ist gegen eine Verlegung.«

»Dann müssen wir uns damit abfinden.«

»Ich hatte gehofft, er würde für dich eine Ausnahme machen, immerhin habt ihr in der Schule guten Kontakt! Kannst du noch einmal mit ihm reden?«

»Das hat doch keinen Sinn! Du kennst ihn, er ist stur. Vielleicht ist es ohnehin besser so.«

»Was meinst du mit *besser*?«, fragte Eva.

»Der Doktor ist der Ansicht, es würde dir besser gehen, wenn du nicht nur zurückschauen würdest, sondern auch nach vorne.«

»Aber das tu ich doch! Ich freue mich, dass du die neue Lehrerstelle bekommen hast. Dass wir deswegen umziehen werden, ist ja wohl ein Zeichen dafür, dass ich nach vorne schaue.«

»Ich meinte das anders. Wir könnten ein zweites Kind haben.«

»Ein drittes.«

»Ein Kind könnte ein Trost sein.«

»Ein Trostkind«, murmelte Eva.

Ein paar Sekunden sahen sie sich stumm an, Eva kam es vor wie eine Ewigkeit.

»Ich hätte gerne noch eines. Vielleicht ein Mädchen? Wir könnten sie dann Gabriele nennen«, sagte Anton.

»Das ist ein ganz dummer Vorschlag. Dann wäre es ja so, als ob Gabriele nie gelebt hätte.«

»Vielleicht wird es sowieso ein Bub. Er wäre mein ganzer

Stolz, obwohl Rudi natürlich niemand vom Thron stoßen könnte.«

Anton sah sie mit diesem Du-liebst-es-wenn-ich-Dummheiten-sage-Blick an. Er war offenbar wild entschlossen, dem Gespräch eine neue Richtung zu geben. Eva spürte, dass ihr warm wurde im Gesicht. Anton setzte sich neben sie aufs Bett und streichelte ihre Wange, dann lockerte er seinen Krawattenknopf. Eva konnte nicht widerstehen, mit einem Finger jene dicke Ader an Antons Hals zu ertasten, die bläulich hervortrat. Sie half ihm, die Krawatte über den Kopf zu ziehen, danach hängte er sie zusammen mit der Anzugjacke über die Sessellehne und sah seine Frau an. Sie lächelte, wandte sich ab und blickte zum Kreuz, das über der Tür hing. Jetzt, in der Dunkelheit, konnte sie nur Details erahnen, doch Eva wusste genau, wie es aussah, sie hatte es schon tausendmal betrachtet. Die Dornenkrone auf dem Haupt des Heilands hielt seine dichten Locken zusammen. Der Bart, zottelig und lang wie der eines Ziegenbocks, reichte ihm fast bis zur Kehle. Der Körper der Figur war so fein gearbeitet, dass man bei Tageslicht sogar die Drosselgrube zwischen den Schlüsselbeinen erkennen konnte. Am Ende der muskulösen Arme durchbohrten kleine Nägel aus Metall die hölzernen Fäuste.

Sie drehte sich wieder zu Anton, der seine Hose gewissenhaft zusammenfaltete und ebenfalls über die Sessellehne hängte. Es kam ihr eigenartig vor, ihn dabei zu beobachten. Die Unterhose und seine Socken behielt er an. Dann löschte er das Licht und legte sich in sein Bett, dessen Metallrahmen unerfreulich quietschte. Eva, die zuvor noch auf dem eigenen Bett gesessen war, gesellte sich zu ihm, so nah, dass sich ihre Arme und sein nackter Oberkörper seit Langem wieder berührten.

Er streichelte ihre Haare, während Eva unter der Decke langsam über seine Beine fuhr und sich bis zur Narbe an seinem linken Oberschenkel hochtastete. An eine wulstige Stelle, hügelig und dick wie ein Knorpel, schloss ein Krater mit einem erhabenen, festen Rand an. Sie musste an den Krieg denken, der tief in seine Haut eingedrungen war. Anton zitterte.

»Ist dir kalt?«, fragte Eva. Er schüttelte den Kopf und küsste sie.

Betreff: Auskunft zu einem Kindergrab von 1949. Im Büro telefonierten ein paar Kolleginnen und Kollegen, andere tippten konzentriert. Die ersten Seiten der Tageszeitung, für die ich arbeitete, mussten umbrochen werden, bald war Redaktionsschluss. Ich schrieb heute keine aktuelle Geschichte, sondern starrte das E-Mail an, das ich vor Wochen an die Pfarrkanzlei in Jenseits geschrieben hatte, um mehr über das aufgelassene Grab von Gabriele zu erfahren. Bisher hatte ich keine Antwort erhalten. Ich hatte die Pfarrkanzlei bereits mehrmals angerufen, doch nie fand jemand Zeit für mein Anliegen, ich wurde entweder abgewimmelt oder auf später vertröstet. Also rief ich im Gemeindeamt von Jenseits an. In der Warteschleife spielten sie einen Song mit dem servilen Titel *Here I am.* Nach zehn Minuten konnte ich den Text mitsingen. *Here I am, this is me, there's nowhere else on earth I'd rather be.* Je länger ich zuhörte, umso mehr hegte ich den Verdacht, das Lied sei bewusst von jemandem gewählt worden, gewissermaßen als grausamer Scherz. Ich stellte mir einen älteren Herrn vor, der mitteilen wollte, dass er nicht gewillt war, den Hörer abzuheben. Vor meinem geistigen Auge sah ich ihn mit einer altertümlichen Spitzmaschine, durch die er genüsslich und in Ruhe einen gut sortierten Vorrat an Bleistiften drehte und anschließend die Feinheit jeder einzelnen Mine mit wohlwollendem Blick befühlte, während ich weiterhin in der Warteschleife festhing.

Ich malte mir jede nur erdenkliche Form von Beamtenbeleidigung aus, spielte ortstypische Dialektausdrücke durch, die ich aus meiner Kindheit kannte, vom *Beitl* bis zum *schiachen und scheagladn Voibeitl*, und war damit derart beschäftigt, dass ich es gar nicht sofort bemerkte, als sich schließlich jemand am anderen Ende der Leitung meldete.

Die Stimme der Gemeindemitarbeiterin passte so gar nicht zum Bild des alternden Staatsdieners, das ich mir gerade zurechtfantasiert hatte, tatsächlich klang sie sehr freundlich, sodass mein Ärger in der Sekunde verflog. Ihre Antworten waren dann aber doch ernüchternd, denn Auskünfte über Gräber fielen nicht in die Zuständigkeit der Gemeinde, wie sie mir mitteilte, sondern ausschließlich in jene der örtlichen Pfarre.

Ich bat sie, mir jene Bestatter zu nennen, die es schon zu Zeiten von Gabrieles Tod gab. »Dann wäre ich ja uralt, wenn ich das wüsste«, erwiderte sie. Ich lachte und erzählte ihr, dass ich erst jetzt erfahren habe, dass mein Vater eine Schwester hatte, die als Kind starb, und niemand wusste, wo sich ihr Grab befand. Es sei mir sehr wichtig, das herauszufinden. Die Beamtin riet mir, bei Franz Estermann anzurufen. Ich fand seine Nummer auf der Website des gleichnamigen Bestattungsunternehmens und hatte wenig später einen fröhlichen Herrn am Apparat. Aus der Art und Weise, wie er auf mein Anliegen reagierte, schloss ich auf großes Einfühlungsvermögen – sicher nicht die schlechteste Eigenschaft in seinem Beruf. Kurzum, er war ein sehr höflicher und zuvorkommender Mensch, der mir trotzdem keine hilfreiche Auskunft geben konnte. Er habe sein Unternehmen erst vor zwanzig Jahren gegründet, es gebe außer ihm nur noch zwei weitere Bestatter in der Gegend, die außerdem schon länger am Markt seien, also vielleicht mehr wüssten. Ich notierte ihre Namen und Telefonnummern, aber auch mit ihnen verliefen die Gespräche ähnlich: Keiner hatte noch Unterlagen aus den Vierziger- und Fünfzigerjahren des vorigen Jahrhunderts.

Am Abend, als ich das Büro nach weiteren erfolglosen Recherchen verließ, beschloss ich spontan, meinen Onkel Willi zu besuchen, um ihn nach Gabrieles Grab zu fragen. Ich hatte es lange vermieden, weil ich fürchtete, damit alte Wunden aufzureißen. Außerdem vermutete ich, wenig Neues zu erfahren, schließlich war mein Onkel nach Gabrieles Tod geboren. Deshalb, und weil in meiner Familie nie offen über Belastendes gesprochen wurde, ging ich davon aus, dass er nicht viele Informationen hatte. Tatsächlich konnte mir Onkel Willi nichts Konkretes über seine Schwester erzählen, aber er besaß das Totenbild, das beim Begräbnis an die Trauernden verteilt worden war. Darauf stand:

Gabriele Maria Anzgruber. Christliches Andenken an unser liebes, unvergessliches Kind. Lehrerstöchterlein, welches am 24. November 1949 um ½ 3 Uhr nachmittags nach kurzem Leiden und Empfang der heiligen Sakramente im zweiten Lebensjahr sein reines Kinderseelchen dem lieben Gott zurückgab.

Außerdem war darauf der folgende Spruch in Frakturschrift abgedruckt:

Kurz weilt' ich nur in Eurer Liebe Hut,
Da mich ein lichter Engel Gottes rief,
Was gottgewollt, o Mütterlein, ist gut,
Wenngleich auf Deinen Armen ich entschlief.
Lieb Vater mein, Du schirmtest mich,
Bis ich entschwebt als Engelein,
Mein kleiner Lebensstern verblich;
Doch Euer soll mein Herzchen sein.

Mein Onkel bedauerte, mir nicht mehr habe sagen können. Von meiner Suche nach Gabrieles Grab habe er bisher nicht gehört, allerdings habe ihm meine Mutter gesagt, dass ich mehr über die Vergangenheit meines Vaters wissen wollte. Er habe deshalb etwas vorbereitet, das er mir geben möchte. Feierlich zog Onkel Willi die Kopie eines Zettels, der dicht beschrieben war, aus einer Klarsichthülle und gab sie mir. »Ich habe dir diesen Brief kopiert, weil er zeigt, was für ein feiner Mensch dein Vater war. Vielleicht tröstet dich das«, sagte er.

Ich nahm den Brief an mich, las ihn aber erst, als ich zu Hause war. Ich traute den Worten meines Onkels nicht ganz. Ein Brief, der mich trösten soll? Vielleicht hatte ich auch Angst davor, was mein Vater geschrieben hatte.

Höhenhart, 27. August 1993

Lieber Willi!

Gestern hatte ich eine Untersuchung im Krankenhaus, ich habe Dir ja am Telefon davon erzählt. Es ist keineswegs sicher, dass die Vermutung der Ärzte zutrifft, aber sollte es so sein, dann ist es mir wichtig, die Zukunft von Hedwig, den Kindern und der Firma zu klären.

Toni und Thomas sind noch zu jung, um das Unternehmen allein zu führen. Deshalb bitte ich Dich, sollte ich einmal nicht mehr sein, Hedwig bei der Weiterentwicklung des Unternehmens zu unterstützen, bis die Buben alt genug sind, es zu übernehmen. Ich sehe mit Stolz, wie fleißig die zwei sind.

Toni kommt gut mit dem Personal aus und wird ein exzellenter Chef werden. Er ist offen und optimistisch und hat viele Eigenschaften, die man nicht hoch genug einschätzen kann, wenn man im Wirtschaftsleben erfolgreich sein will. So viele Unternehmen habe ich schon gesehen, die an den Ältesten übergeben wurden, der dann aber unfähig war. So etwas soll und wird es bei uns nicht geben!

Und Thomas geht zwar noch in die Schule, kann das Unternehmen aber später mit Toni gemeinsam übernehmen. Er ist ehrgeizig und belastbar und wird das Wachstum des Unternehmens vorantreiben. Außerdem versteht er rasch, wo der Kern eines Problems liegt.

Am wichtigsten ist mir aber, dass die zwei immer gut zusammenarbeiten und eine Stütze füreinander sind. Sie sollen nicht überheblich sein, auch ein Hilfsarbeiter kann manches besser als sie. Sie müssen lernen, sich etwas sagen zu lassen – auch von Dir, sollte ich einmal nicht mehr in der Lage dazu sein.

Lieber Willi, es tut mir leid, dass ich Dich mit diesen Gedanken belaste. Aber ich weiß, dass Du mir diesen einen Wunsch erfüllen wirst, für meine Söhne da zu sein. Es nimmt mir eine große Last von den Schultern zu wissen, dass diese Dinge geregelt sind.

Ich danke Dir!

Dein Rudolf

Mein Onkel hatte einen einfühlsamen Brief angekündigt, tatsächlich schien es darin aber vor allem um die Zukunft des Unternehmens zu gehen. Trotzdem war ich gekränkt, denn mein Vater hatte stolz über seine Söhne geschrieben, mich erwähnte er wieder mit keinem einzigen Wort. Meinem Onkel war das offenbar nicht einmal aufgefallen. Ich war so verletzt, schon nach den ersten Zeilen liefen mir die Tränen übers Gesicht.

Als meine Kinder mich fragten, warum ich weinte, überlegte ich, was eine gute Mutter jetzt wohl sagen würde, dann erklärte ich ihnen, pädagogisch höchst wertvoll, dass ihr Großvater leider ein riesengroßes Arschloch gewesen war.

Mein Mann kam aus dem Arbeitszimmer. Er umarmte mich, meine Tränen sickerten in sein Hemd. Während ich am ganzen Körper zitterte, hatte ich das Gefühl, als würde sich etwas in mir lösen. Er streichelte meinen Kopf, so wie ich es selbst immer machte, wenn die Kinder Trost brauchten.

Ich erinnerte mich, dass ich meinen Vater einmal *Arschloch* nannte. Er hatte zu mir gesagt, ich sei »so deppat, des geht goa nimma höda«. Als ich den Satz für Freunde aus Berlin sozusagen ins Hochdeutsche übersetzte, fiel mir auf, dass er dadurch an Schärfe verlor. Mein Vater habe gesagt, ich sei unübertroffen dumm – das klang weniger gemein, mehr wie die Feststellung einer Tatsache.

Meine Mutter war damals empört, dass ich meinen Vater beschimpft hatte. Sie war der Meinung, es habe keinerlei Anlass für meinen Wutausbruch gegeben. Abfällige Bemerkungen, die mein Vater laufend auch über sie machte, seien eben Ausdruck seines Charakters und somit etwas, was man akzeptieren müsse. Ich solle mich jedenfalls entschuldigen, am besten sofort. Natürlich tat ich es.

Manchmal sagte mein Vater beschämende Dinge zu meiner Mutter, vor allem dann, wenn er mit Publikum rechnen konnte. Gerne lobte er mich mit folgendem Spruch: »Du bist so schön wie deine Mutter und so klug wie dein Vater. Gut, dass es nicht umgekehrt ist!« Meine Brüder fanden solche Sprüche immer lustig, es fiel ihnen nie auf, wie verletzend sie für meine Mutter waren. Sie tat sie dennoch mit einem Lachen ab, beklagte sich nie und erklärte mir, jeder Mann habe seine Fehler, man müsse es *hinunterschlucken* und weitermachen.

Wenn sie es nicht mehr *hinunterschlucken* konnte, weinte sie heimlich. Dann ging sie ins Badezimmer, sperrte die Tür ab und dachte, niemand würde es bemerken. Die schluchzenden Geräusche hinter der Tür sind mir bis heute in Erinnerung.

Ich löste mich aus der Umarmung meines Mannes und warf die Kopie des Briefes, den mir mein Onkel gegeben hatte, in den Mistkübel.

»Was ist los?«

»Das war ein Brief von Papa an Onkel Willi, natürlich hat er nur Toni und Thomas erwähnt. Ich war offenbar nicht der Rede wert, in den Briefen und auch sonst nicht. Er hat nie über oder mit mir gesprochen, über seine tote Schwester ja auch nicht. Ich meine, wie kann es sein, dass man das Grab aufgelassen hat, und dann wurde sie einfach totgeschwiegen?«

»Wenn dich das so beschäftigt, dann stell doch einen Stein mit ihrem Namen auf das Familiengrab.«

»Aber sie ist doch gar nicht dort, das Familiengrab gibt es erst seit Opas Tod, Gabriele ist Jahrzehnte davor gestorben.«

»Das spielt doch keine Rolle, sie ist ein Familienmitglied. Überleg dir das mit dem Stein. Es wäre wie ein kleines Denkmal.«

»Großartige Idee: Nichts ist so unsichtbar wie ein Denkmal!«

»Aber wenn du das nicht tust, wie willst du sie dann sichtbar machen?«

»Die Chefredakteurin hat mich gefragt, ob ich Reportagen für die Sonntagsausgabe beisteuern könne. Vielleicht schreibe ich über Gabriele – und über meine Oma.«

Eva saß auf der *Sonnbank* vor dem Haus, in das sie vor wenigen Monaten eingezogen waren. Sie hatte ein Notizbuch in der Hand, in das sie gelegentlich Gedichte schrieb. Erst gestern war ihr eines gelungen, das einem *Kindertotenlied* von Friedrich Rückert nachempfunden war. Aber heute fiel ihr nichts ein. Eigentlich wollte sie ohnehin nichts tun, keine Hausarbeit, kein Schreiben, nicht einmal Denken sollten sie von diesem seltenen Moment der Stille ablenken. Sie schlüpfte aus den Sandalen und zeichnete bloßfüßig Kreise in den Kies. Das Kind, von dem sie hoffte, dass es ein Mädchen werden würde, trat selten gegen ihren Bauch, und selbst dann nur ganz sachte, als wollte es die Mutter schonen. Oder als wäre es nicht kräftig genug, dachte Eva. Sie verscheuchte den Gedanken, er sollte diesen ruhigen Augenblick nicht zunichtemachen, den sie sich gönnte, alleine, an diesem sommerlich-milden Morgen im Juli 1954. Rudi war schon in der Schule, ebenso wie Anton, der seine neue Stelle als Oberlehrer in Höhenhart angetreten hatte. Zu dritt hatten sie den Umzug in den kleinen Ort gut bewältigt.

Es war nicht so, dass sie sich bereits zu Hause fühlte, aber sie mochte das alte Bauernhaus, das sie gekauft hatten, vor allem die Bank vor dem Eingang. Sie saß gerne hier, während die Sonnenstrahlen ihre Haut streichelten und sie den Duft von frischem Gras riechen konnte. Der Nachbar hatte gemäht und das Gras auf Heuschober getürmt, sie standen in regelmäßigen Abständen auf der Wiese wie große, grüne Maulwurfshügel. Es war ein warmer und klarer Tag. Nur am Horizont kündigten sich ein paar Wolken an, ein bisschen Regen würde den trockenen Böden bestimmt guttun.

Im Stall hörte sie das Schwein grunzen. Sie schlüpfte wieder in ihre Sandalen, holte eine Schüssel mit Küchenresten aus dem Haus und schlenderte damit über den Hof, vorbei am Obstgarten. Der Kirschbaum hatte heuer besonders früh und üppig geblüht, die ersten reifen Früchte würde sie vielleicht noch vor der Geburt ernten können, wenn Rudi ihr half. Am Rand des Gartens, nicht weit von Haus und Hof entfernt, verliefen zwei Bäche. Das konstante Rauschen des Wassers hatte etwas Beruhigendes. Schließlich stand Eva vor dem Stall, in dem das Schwein hauste. Zuerst wollte sie das tierische Geschenk, das ihr der Verkäufer des Gehöfts aufgedrängt hatte, nicht annehmen. Aber mit der Zeit war ihr das Tier ans Herz gewachsen. Sie hatte ihm sogar einen Namen gegeben, das seinem Geschlecht und seiner gutmütigen Natur gerecht werden sollte. »Mahlzeit Hermine!«, sagte Eva. Sie leerte der Sau die Küchenreste und ein wenig Getreideschrot in den Trog, dann verschloss sie das Gatter zum Stall, füllte eine Kanne beim Grander im Hof und kehrte mit dem Wasser zurück zum Haus.

Neben der Stube mit der schönen handgeschnitzten Decke gab es eine Küche, die immerhin alles hatte, was es brauchte, um gut zu kochen, gusseiserne Töpfe und bunte Emaille-Schüsseln, Schnitzelklopfer und Schneebesen, Siebe und Schöpflöffel und allerlei andere Küchenhelfer. Der Verkäufer war auch hier großzügig gewesen und hatte ihnen sämtliches Mobiliar mitsamt dem Zubehör überlassen. Wenn er zu seiner Tochter ziehe, brauche er das Zeug nicht mehr, und sie wolle es ohnehin nicht, hatte er gesagt.

Eva legte Zeitungsblätter und einen Holzscheit in den Ofen, hielt behutsam ein brennendes Streichholz unter eine alte Ausgabe des Lokalblatts und schloss die Ofentür erst wieder, als das Feuer von den Zeitungsseiten auf das Holz übergesprungen war. Sie dachte darüber nach, was sie kochen könnte. Anton hatte sich Blunzen-Powidl-Pofesen gewünscht, Rudi mochte sie auch. Aus der Kammer neben der Wohnstube holte Eva eine Blutwurst, die sie enthäutete, zerdrückte und in einer Schüssel mit dem Zwetschken-Powidl und Schnaps vermischte. Dann schmierte sie die Blunzen-Powidl-Füllung auf vier aufgeschnittene Semmeln, die sie schließlich durch ein Gemisch aus Eiern und Milch zog, so schnell, dass sie sich nicht ganz mit der Flüssigkeit ansaugen konnten.

Während sie am Herd stand, hörte sie ein leises Klopfen am Fenster, es hatte zu regnen begonnen. Auf den dünnen Scheiben erzeugten die Tropfen ein dumpfes Pochen, das in immer kürzeren Abständen immer schneller wurde. Zuerst erinnerten die gedämpften Töne an Schläge auf einer Kindertrommel, dann gewannen sie an Schärfe und klangen eher wie Schüsse, die man während der Jagdzeit hören konnte. Früher, in der schönen Lehrerwohnung, war ihr die Kraft des Regens nie so aufgefallen, aber jetzt, in der alten Bauernstube, fühlte sich Eva der Gewalt der Natur ausgeliefert. Der Himmel musste sich zugezogen haben, denn auf dem Herd konnte sie nur mehr Umrisse erkennen, alles lag plötzlich im Halbdunkel. Sie legte die fertig panierten Pofesen auf ein Geschirrtuch, nahm die Pfanne von der Platte und öffnete die Haustür.

Im Hof fielen die Tropfen schwer auf den gestampften Lehmboden, schnellten wieder hoch und schlugen erneut auf. Es war die Wochen zuvor heiß gewesen, der harte Boden konnte kein Wasser aufnehmen. Der Regen, der blechern auf dem Dach des Stalls aufschlug, musste das Schwein verängstigt haben, denn es hatte angefangen, schrill zu rufen. Eva stieg in die schweren Gummistiefel. Dann fiel ihr ein, dass sie einen Strick brauchen würde. Sie holte in der Kammer neben der Stube ein dickes Hanfseil und lief damit zum Stall. »Hermine, liebe Hermi, was ist denn mit dir?«, fragte sie, beugte sich über das Gatter und streichelte das Tier. Es schien sich etwas zu beruhigen. Eva öffnete das Gatter und band ihm den Strick vorsichtig um den Hals, als wäre er eine Hundeleine. Die Sau hob den Kopf und gab ein erbärmliches Quieken von sich. »Hermine, wir müssen jetzt gehen!«, sagte Eva. Sie zog am anderen Ende des Stricks, und die Sau bewegte sich tatsächlich wie auf Kommando. Eva kam sich dumm vor und hoffte, niemand würde sie sehen. Sie schritt forsch zum Ausgang, das Schwein hinter ihr her. Manchmal blieb es stehen und Eva musste am Strick zerren, bis es sich endlich wieder in Bewegung setzte. Währenddessen wurde der Regen noch stärker, Eva spürte Hagelkörnchen auf ihren Oberarmen. Sie war nass bis auf die Haut und doch wollte sie nicht laufen, um das Schwein nicht aus Versehen loszulassen. Sie wusste, bei diesem Unwetter konnte sie es nicht suchen, sollte es davonlaufen. Gemeinsam trotteten sie zum Wohnhaus, wo Eva es in die Besenkammer neben der Wohnstube sperrte.

»Hier bleibst du, bis der Regen vorbei ist«, verkündete sie. Das Schwein drehte seinen Schädel in ihre Richtung und sah sie ängstlich an, fügte sich aber in sein Schicksal. Eva räumte die wenigen Dinge, die sie in der Kammer lagerte, in die Stube und holte aus der Küche ein paar Äpfel und Kartoffeln. Außerdem brachte sie ihm einen Kübel mit Wasser.

Endlich war sie fertig, das nasse Kleid klebte auf ihrer Haut, vom Saum tropfte Wasser auf den Boden. Sie sah auf die Wanduhr, Anton und Rudi würden jeden Moment nach Hause kommen. Sie knöpfte das Kleid auf und ließ es fallen. Über die feuchte Unterwäsche zog sie den Arbeitskittel, der neben dem Herd gehangen hatte und schön warm war. Dann nahm sie ein Tuch aus der Kiste unter der Stubenbank und legte es sich über die Schultern. »So muss es gehen!«, sagte sie schließlich, als würde sie noch immer mit Hermine sprechen.

»Was für ein Sauwetter!«, ärgerte sich Anton, der wenig später das Haus betrat und seinen triefenden Mantel in der Garderobe aufhängte. Er setzte sich und stellte seine nasse Ledertasche neben sich auf die Stubenbank. Eva widmete sich wieder dem Kochen, sie ließ Schweineschmalz in einer Pfanne schmelzen, legte die mit Blunzen-Powidl-Masse bestrichenen Semmeln hinein und beobachtete, wie sie sich im heißen Fett langsam hellbraun färbten. In der Stube breitete sich der Geruch von Fett und leicht angebrannter Wurst aus. Anton erzählte, dass Rudi einem Freund bei den Hausaufgaben half und sie nicht mit dem Mittagessen auf ihn warten mussten. Plötzlich rumpelte es in der Kammer, woraufhin Hermine aufgeregt quiekte.

»Was war das?«, fragte Anton.

»Das Schwein … Es hatte Angst im Stall.«

Anton stand auf, ging zur Kammer und öffnete vorsichtig die Tür. Eva folgte ihm und konnte durch den Spalt die Sau sehen, die in einer Ecke lag, sie hatte den Kübel umgestoßen. Im Wasser, das sich am Boden mit dem Kot des Schweins vermischt hatte, lagen jetzt angebissene Apfel- und Kartoffelstücke herum. Die Sau selbst, ansonsten ein sauberes Tier, war mit ihren eigenen Exkrementen bedeckt, sie musste ausgerutscht sein.

»Das kann unmöglich dein Ernst sein, schau dir das an«, schrie Anton. Er knallte die Tür zur Kammer zu und drehte sich um.

Eva wich zurück: »Es tut mir leid, das war dumm von mir«, sagte sie.

»Dumm ist gar kein Ausdruck!«

Antons Stimme bebte. Er ging auf Eva zu, nahm das feuchte Geschirrtuch neben dem Herd, trat ein paar Schritte zurück und knetete es in seiner Hand.

»Das Schwein ist kein Kind«, sagte er.

Während er versuchte, seine Fassung wiederzufinden, stieg er aufgebracht von einem Fuß auf den anderen. Eva beobachtete seinen schmalen Körper, der hin- und herschwankte.

»Du kannst das Schwein nicht bemuttern, als wäre es ein Baby. Das ist lächerlich, das muss sofort aufhören!«

Eva versprach, die Sau in Zukunft wie ein Tier zu behandeln. Sie wandte sich wieder dem Herd zu, in ihrem Rücken spürte sie, wie Anton das Geschirrtuch an seinen Platz zurücklegte und sich setzte.

Er lobte die Pofesen, die wunderbar gelungen seien, wie er meinte, und da wagte Eva es doch, ihn zu fragen, ob sie Hermine kommende Nacht in der Kammer lassen dürfe. Es sei jetzt ohnehin schon einerlei und sie selbst würde ja auch noch einmal völlig nass werden, wenn sie das Schwein wieder in den Stall zurückbrächte, ganz zu schweigen von der Gefahr, dabei zu stürzen, was in ihrem Zustand ja nicht gut sei.

»In Ordnung?«, fragte Eva und streichelte demonstrativ über ihren gewölbten Bauch. Anton lachte plötzlich auf, es schüttelte ihn geradezu.

»Ich kann nicht glauben, dass du das getan hast!«, sagte er. »Wenn die Leute das wüssten! Ein Schwein im Haus! Verrückt, völlig verrückt!« Eva betrachtete ihren Mann, bis er sich wieder beruhigt hatte.

»Also gut, die Sau kann bleiben, aber nur diese eine Nacht«, entschied er.

Am nächsten Morgen stand er früh auf, während Eva noch im Bett liegen blieb. Die ganze Nacht über hatten sie den starken Regen gehört, und da sich weitere dunkle Wolken am Horizont auftürmten, schien er auch nicht so bald aufzuhören. Anton holte die schweren Sandsäcke, die für den Fall eines Hochwassers im Schuppen lagerten. Rudi, der für sein Alter schon sehr kräftig war, half ihm. Gemeinsam errichteten sie einen Schutzwall vor dem Hauseingang, der gerade einmal so hoch war, dass die hochschwangere Eva noch darübersteigen konnte.

Nach dem Frühstück ging Anton in die Schule, wo er an diesem Tag zwei Klassen gleichzeitig unterrichten musste, weil die Kollegin krank war. Auch Rudi machte sich auf den Weg. Eva konnte ihm nicht ausreden, sein neues Steyrer Waffenrad zu nehmen. Sie war sicher, dass im Nachbarort die Häuser, die näher am Bach standen als ihres, schon jetzt überflutet waren. »Sei vorsichtig!«, schrie sie Rudi nach. Der zog den Mantel über seinen Kopf, hängte die Schultasche auf die Lenkstange und verschwand im Regen.

Als Eva in die Stube zurückging, ließ sie das dreckige Geschirr vom Frühstück stehen, um gleich nach Hermine zu sehen. Die Sau, die jetzt wirklich wie ein Schwein aussah, hatte aufgehört, laut zu grunzen. Sie lag in einer Ecke und rührte sich kaum. »Hermi, was ist mit dir?«, fragte Eva. Da richtete sich das Tier auf und trottete ihr entgegen. Mit einem Putzlappen wischte sie es notdürftig ab und kehrte den ärgsten Dreck aus der Besenkammer. Dann schloss sie die Tür wieder und begann zu kochen.

Zu Mittag kamen Rudi und Anton klatschnass von der Schule nach Hause, es schüttete noch immer wie aus Kübeln. Anton erzählte, Männer von der Freiwilligen Feuerwehr würden sie abends abholen, falls sich die Situation weiter zuspitze. Sie könnten dann bei Leuten im Ort übernachten. »Ist gut«, sagte Eva und stellte die Krautfleckerl auf den Tisch. Sie hatte etwas Einfaches gekocht, um mehr Zeit zu haben für ihr Geschäft. Der Bauer, von dem sie den Hof gekauft hatten, besaß auch einen kleinen Gemischtwarenladen, den Eva jetzt weiterführte. Es erschien ihr noch immer eigenartig, Betreiberin eines Geschäfts zu sein. Wobei das Wort *Geschäft* eine etwas zu großspurige Bezeichnung war für den winzigen Raum neben der Stube, in dem ein paar Dinge des täglichen Bedarfs lagerten. Alle heiligen Zeiten kam jemand aus dem Dorf vorbei, kaufte Mehl und Zucker, die sie genau abwog und in kleinen Papiersäcken mitgab. Manchmal verkaufte sie auch eine Kernseife oder ein paar Bonbons in buntem Stanniolpapier. Selten konnte sie bei einem Kunden mehr als ein paar Schillinge verlangen. Es war kein einträgliches Geschäft, denn die Leute kauften nur die wenigen Waren, die sie nicht im eigenen Garten hatten oder nicht selbst nähen konnten.

Eva wusste, dass das Hochwasser bis in die Stube und das angeschlossene Geschäft dringen konnte, sie musste die Waren in Sicherheit bringen. Also nützte sie die freie Zeit am Vormittag, um alles zusammenzupacken, damit Rudi und Anton die Sachen später ins Magazin im ersten Stock räumen konnten. Nach dem Essen schleppten die beiden Waschpulverpackungen, Mehlsäcke, Gurkengläser und Zigaretten nach oben. Das Krautfass war so schwer, dass Rudi es nur gemeinsam mit seinem Vater die Stiegen hochtragen konnte. Eva umwickelte inzwischen eine Kiste Virginier-Zigarren. Als sie Anton bat, die Kiste auf das oberste Brett eines Regals zu legen, kam er wieder auf das Schwein zu sprechen. Er sei sehr geduldig gewesen, aber es könne auf keinen Fall weiter in der Besenkammer bleiben. Eva gab zu bedenken, der Stall könne womöglich überflutet werden, was Anton als Schwarzmalerei abtat. Aber natürlich sei die Kammer im Erdgeschoß auch kein sicherer Ort. »Ich werde das regeln«, sagte sie, »ich verspreche es.«

Anton nickte zufrieden und half Rudi mit einem schweren Stoffballen. Eva erklärte, dass sie eine Pause brauchte, die Schwangerschaft mache ihr zu schaffen. Sie rückte einen Sessel in der Stube lautstark zur Seite, sodass Anton es hören konnte, zog die Schuhe aus und schlich zu Hermine in die Kammer. Dort band sie ihr wieder den Strick um den Hals, was sie wie durch ein Wunder fast geräuschlos hinnahm, und führte sie nach draußen. Es tröpfelte jetzt nur noch leicht, aber am Himmel zeichneten sich weitere dunkle Regenwolken ab. Evas Socken hatten schnell das am Boden stehende Wasser aufgesogen, aber sie konnte es jetzt nicht mehr ändern. Anton hätte womöglich bemerkt, dass sie das Haus verließ, wenn sie sich die Zeit genommen hätte, ihre Schuhe anzuziehen. Sie überlegte kurz, dann dirigierte sie das Schwein zum hölzernen Anbau des Hauses, der einen eigenen Eingang hatte. Sie zerrte Hermine, die ein wenig Widerstand leistete, in Richtung ihres Schlafzimmers im ersten Stock und verstaute die Bettwäsche in der Truhe, in der sie die gute Kleidung aufbewahrte. Dann ging sie wieder hinunter zum Stall und holte etwas Futter und Stroh, das sie im Zimmer ausbreitete. »Heute bekommst du kein Wasser«, sagte Eva, »eine Nacht lang wirst du es wohl aushalten.« Sie wünschte Hermine, aus welchen Gründen auch immer, alles Gute, packte für sich, Anton und Rudi Kleidung in eine Tasche, schloss die Tür des Schlafzimmers, ging zurück in die Stube und reinigte die Besenkammer gründlich. »Hast du das Schwein zurückgebracht?«, wollte Anton wissen, als er mit dem Wegräumen der Waren fertig war und aus dem Geschäft zurückkam. Eva, die ihm den Rücken zugewandt hatte, um ihm nicht in die Augen sehen zu müssen, murmelte zustimmend und putzte weiter.

Am späten Nachmittag wurde der Regen wieder stärker und kälter, es fielen sogar walnussgroße Hagelkörner vom Himmel, mit Wucht schlugen sie auf dem Blechdach des leeren Stalls auf. Schließlich trat das Wasser über die Ufer, erreichte den Obstgarten und das steinerne Fundament des hölzernen Anbaus, der etwas tiefer lag als der gemauerte Teil. Bei Einbruch der Dämmerung hatte das Wasser den ganzen Innenhof überschwemmt und trug die Holzscheite davon, die an der Hauswand gestapelt waren. Die Flut erreichte nun auch die Sandsäcke vor dem Eingang des Hauses. Anton stapfte draußen mit Gummistiefeln herum, um noch ein paar Dinge in Sicherheit zu bringen.

Eva beobachtete von der Stube aus, wie das reißende Wasser seine Beine umspülte. Auch drinnen war das Rauschen über den Tag hinweg immer lauter geworden, durch die Ritzen der geschlossenen Fenster und Türen pfiff der Wind. Eva dürfe das Haus nicht mehr verlassen, es sei zu gefährlich, hatte Anton angeordnet. Das Baby drückte auf Evas Blase, aber es war unmöglich, das Plumpsklo im Hof zu benützen, es war ohnehin schon überflutet. Sie überlegte, ob sie ihr Geschäft in einer Schüssel verrichten solle, doch in der Stube, neben ihrem vierzehnjährigen Sohn, wollte sie es nicht tun. Sie trat von einem Bein auf das andere, als Anton und ein Feuerwehrmann hereinkamen. Sie solle die Tasche mit der Kleidung nehmen und das Feuer im Herd löschen, sagte Anton, er habe im Hof alles Wichtige weggeräumt, sie müssten jetzt sofort gehen. Rudi watete an der Hand des Feuerwehrmanns zuerst durch die Fluten. Anton wirkte gestresst, während er Eva nach draußen begleitete. Er umfasste sie viel zu fest an den Oberarmen, damit sie nicht stürze, wie er betonte. Gemeinsam bahnten sie sich einen Weg durch das eiskalte Wasser, das ihnen bis zu den Knien reichte. »Jetzt ist es auch schon egal«, dachte Eva und spürte den Harn an ihren Oberschenkeln hinabrinnen. Hinter ihr, fast völlig übertönt vom Tosen des Wassers, glaubte sie, das Schwein grunzen zu hören.

Am nächsten Tag hatte es aufgehört zu regnen, der Wasserspiegel war gesunken, und so konnten sie nach Hause zurückkehren. Überall verbreitete sich ein süßlich-fauliger Geruch. Im Hof, in der Nähe des Plumpsklos, war der Gestank am stärksten. Aus dem Schweinestall hüpfte eine Kröte und gab einen trillerartigen Laut von sich. Der hölzerne Anbau des Hauses war schwer beschädigt, die Wände durchnässt, im Erdgeschoß klebte zentimeterdick Schlamm auf den Böden. Sogar im gemauerten Teil des Hauses war Wasser ins Erdgeschoß eingedrungen, hatte aber die Waren im Magazin nicht erreicht. Eva lehnte ihren Kopf an Antons Schulter, er umarmte sie. Für einen Moment sah er aus, als würde er zusammenbrechen, als wäre die Umarmung mehr Stütze für ihn als Trost für sie. Niemand sagte etwas. Auch Rudi, der sonst nie um ein Wort verlegen war, schwieg.

Eva dachte an das Schwein, das nicht zu hören war. Sie löste sich aus Antons Umarmung und ging hinauf ins Schlafzimmer. Rudi folgte ihr, Anton blieb im Hof stehen. Oben angekommen war Eva erleichtert: Das Schwein lebte und schlief in einer Ecke. Es hatte die Einrichtung zwar leicht demoliert und seine Notdurft am Boden verrichtet, sonst war nicht viel geschehen. Eva hoffte, den Dreck beseitigen zu können, noch bevor Anton ihn entdeckte. Dass die Sau im Haus war, hatte er sicher bemerkt, aber zumindest sollte das Schlafzimmer sauber sein, bevor er es betrat. Eva bat Rudi, das Schwein zurück in den Stall zu bringen, und fegte den Boden. Hin und wieder trat das Baby, dann setzte sich Eva auf das Bett und streichelte über ihren Bauch. Eine Woche später, im Sommer 1954, kam es zur Welt. Anton wollte seinem zweiten Sohn den Namen Wilhelm geben, nach dem Vornamen des bekannten Musikers, doch von Anfang an wurde der Kleine von allen nur Willi genannt.

Im Regal meines Vaters fiel mir ein Buch auf, das einen geprägten Rücken hatte, mit den eingedruckten Goldbuchstaben hob es sich deutlich von den anderen ab. Es war ein typisches Geschenkbuch mit Sinnsprüchen – keines, das er sich selbst gekauft hätte. *Lieber Rudi, vielleicht gefällt es Dir. Frohe Weihnachten, dein Willi.* In schnörkeliger Schönschrift hatte mein Onkel die Widmung geschrieben. Ich blätterte in dem alten Buch, das offenbar ein Weihnachtsgeschenk für meinen Vater war. Dort stand es jetzt in seiner Bibliothek, die deshalb so umfangreich war, weil er an Fachbüchern zu Wirtschaft, Politik und Geschichte jahrzehntelang fast alles gekauft hatte, was neu erschienen war. Darüber hinaus gab es ein paar Reiseführer, die er sich vor Urlauben gekauft hatte, sowie einen kurzen Abschnitt mit Romanen, die ihm fast alle geschenkt worden waren. Nach seinem Tod fing meine Mutter an, die Bücher zu verschenken. »Nimm dir, welche du willst«, sagte sie, als wir vor den raumhohen Regalen standen. Unschlüssig zog ich ein Buch heraus, *Das sterbende Tier* von Philip Roth. Auf dem Cover war eine nackte Frau abgebildet, ein Gemälde von Modigliani. Ich blätterte darin herum, dabei fiel mir eine Schrift ins Auge, die ich kannte: Es war meine. *Zum 62. Geburtstag. Alles Liebe, Katharina* stand da. Ich konnte mich nicht mehr daran erinnern, aber es war vielleicht keine ausschließlich liebevolle Geste gewesen, ihm dieses Buch zu schenken. Ich klappte es wieder zu und stellte es zurück.

In einem anderen Regal standen mehrere Beziehungsratgeber. Ein offenbar sehr altes Buch trug den seltsamen Titel *Die eheliche Pflicht*. Ein anderes hieß schlicht *Die Ehe*. Es mussten Bücher meiner Großeltern sein, die den Weg in die Bibliothek meines Vaters gefunden hatten, denn im Impressum standen Erscheinungstermine in den 1940er- und 1950er-Jahren. Ich schlug irgendeine Seite von *Die Ehe* auf. Meine Mutter fragte mich, ob ich dieses Buch haben möchte. »Ja vielleicht«, sagte ich. »Es ist ein altes Buch, wahrscheinlich von Oma und Opa.« Ich begann, daraus vorzulesen:

Am eindrücklichsten erzählt Platon in seinem »Gastmahl« die Fabel von der ursprünglichen Ganzheit des Menschen, der dann entzweigeschnitten wurde, so dass die beiden Hälften einander sehnsüchtig suchen.

»Das ist schön. Bei deinem Vater und mir war es auch so, wir waren füreinander bestimmt«, sagte meine Mutter.

»Aber du hast hoffentlich nicht das Gefühl, dass du jetzt nur noch halb bist«, antwortete ich.

»Ich weiß es nicht. Seit dein Vater tot ist, frage ich mich: Wer bin ich ohne ihn?«

Unsere Familie war im Grunde typisch für ihre Zeit: Obwohl meine Mutter die Firma gemeinsam mit meinem Vater besaß und führte, war ausschließlich sie für den Haushalt und die Kinder zuständig, fürs Leben in den eigenen vier

Wänden, fürs Private. Mein Vater hatte dadurch alle Freiheiten, sich auf seinen Beruf zu konzentrieren. Er stand als Unternehmer in der Öffentlichkeit und erhielt zahlreiche Auszeichnungen, meine Mutter keine einzige. Obwohl sie zum Erfolg des Unternehmens ebenso beigetragen hatte, wurde sie selten erwähnt, und auch dann nur als Ehefrau, die *hinter* einem erfolgreichen Mann stand. Sie empfand es als Lob und freute sich.

Ähnlich war es auch bei meiner Oma, die drei Kinder hatte, ganz allein ein kleines Geschäft und den Haushalt führte und in den 1950er-Jahren einen sicher nicht einfachen Hausbau koordinierte. Und doch war sie nicht auf sich selbst stolz, sondern ausschließlich auf ihren Mann. Sie liebte die Stellung, die er im Ort hatte: Nachdem er den Direktorenposten der örtlichen Volksschule übernommen hatte, ließ sie sich mit *Frau Direktor* ansprechen. Dass meine Oma für ihre *eigene* Leistung Respekt und Anerkennung verdient hätte, kam ihr nie in den Sinn, auch nicht, als sie das Geschäft an ihren Sohn übergab. Auch meine Mutter, die das Geschäft später ausbaute, Seite an Seite mit meinem Vater, forderte nie Anerkennung für ihre unternehmerische Leistung ein. Und so fiel nie jemandem auf, dass das Lebenswerk meines Vaters auf einem Fundament stand, das von Frauen geschaffen wurde.

Das Hochwasser im Sommer 1954 hatte schwere Schäden am Haus hinterlassen. Nur der gemauerte Teil mit der großen Wohnstube und dem Geschäft war unbeschädigt. Aber für das Holzhaus, in dem sich das Schlafzimmer und ein Waschraum ohne Fließwasser befanden, gab es keine Rettung mehr: Die Holzpfosten waren nach dem Hochwasser morsch geworden. Die Wände des Schlafzimmers waren so feucht, dass Eva und Anton es nicht mehr benutzen konnten, von Rudis Zimmer ganz zu schweigen. Daher hatten sie die Betten in der Stube aufgestellt. Willi, der eine Woche nach dem Hochwasser zur Welt gekommen war, schlief noch im Bett seiner Mutter, was insofern gut war, als man in der vollgeräumten Stube, die nun Wohn-, Schlaf- und Arbeitsraum war, ohnehin keinen Platz für eine Wiege gehabt hätte. Rudi, der schon fast sechzehn Jahre alt und damit ein junger Mann war, hasste es, das Schlafzimmer mit seinen Eltern teilen zu müssen, und war dementsprechend oft mürrisch, was vor allem sein Vater ausbaden musste. Trotz dieser Situation und der beengten Wohnverhältnisse war Anton an diesem kalten Sonntag im Mai bestens gelaunt. Er hatte Eva erklärt, dass man den Blick jetzt auf das Weltgeschehen richten musste, dass profane Angelegenheiten, ja selbst der beginnende Hausbau kein Problem darstellen würden, dass nun alles unaufhörlich einer besseren Zukunft entgegenstrebte.

In seinem Sonntagsanzug saß er vor dem Radiogerät und lauschte der Übertragung aus dem Schloss Belvedere in Wien, wo kurz zuvor der Staatsvertrag unterzeichnet worden war. Eva und Rudi deckten den Tisch in der Stube. Obwohl auch Eva das Wohnen auf engem Raum zu schaffen machte, schien er zumindest für den kleinen Willi groß genug zu sein: Er war noch nicht einmal ein Jahr alt, krabbelte fröhlich am Boden herum und schlug auf einen Topf, den sie ihn zum Spielen hingelegt hatte. Eva gab ihrem Sohn so viel Freiheit wie möglich, aber jetzt störten seine unrhythmischen Schläge die Radioübertragung. Zu allem Überfluss stellte Rudi auch noch ein paar Teller klirrend auf dem Tisch ab.

»Scht!«, fauchte Anton seine Söhne an. »Jetzt erhebt sich der österreichische Außenminister Figl«, erklärte der Radiosprecher mit feierlicher Stimme, und der Minister begann seine Rede: *Ich bitte Sie, es nicht als eine übliche Phrase zu betrachten, wenn ich Ihnen jetzt sage, dass ich Sie im Namen der österreichischen Bundesregierung …* Willi übertönte die Worte mit einem weiteren Schlag auf den Topf, Anton warf seiner Frau einen genervten Blick zu. »Ich geh mit ihm hinaus«, sagte sie. Schließlich kam sie wieder zurück, konnte aber nur noch die letzten Sätze des Außenministers hören: *Mit dem Dank an den Allmächtigen haben wir den Vertrag unterzeichnet. Und mit Freude verkünden wir heute: Österreich ist frei!*

Der Radioapparat übertrug das einsetzende Klatschen der im Belvedere anwesenden Politiker und Diplomaten. Jetzt erst sah Eva, dass Anton zu weinen begonnen hatte. Sicher, es war ein bewegender Moment, auch Eva hätte beinahe Tränen in den Augen gehabt, aber nicht nur aus Freude. Sie waren vor eineinhalb Jahren in dieses alte Bauernhaus gezogen, das sie sich ohnehin kaum leisten konnten, und nun hatte es das Hochwasser im Vorjahr fast völlig zerstört.

Eva setzte Willi am Boden ab und studierte das Angebot, das der Baumeister am Vortag persönlich vorbeigebracht hatte. Am Briefkopf stand *Ing. Maier Ober-Österreich*, darunter eine Auflistung der einzelnen Kostenpositionen:

677 Maurerstunden à 17,40 Schilling

128 Zimmerpolierstunden à 19,30 Schilling

103 Zimmererstunden à 18,50 Schilling

102 Zimmererlehrlingsstunden à 16,30 Schilling

24.480 Stück gebrannte Hohlkammerziegel à 5,10 Schilling

180 Kübel Weißkalk à 15,10 Schilling

170 m² Stukkatur-Gewebe à 4,00 Schilling

8 kg Draht à 13,70 Schilling

»Eine bewegende Rede war das!«, sagte Anton, während er den Ton des Radioapparats leiser stellte.

»Ja, ich freue mich auch. Aber können wir trotzdem noch über den Hausbau sprechen?«, fragte Eva und reichte ihm das Angebot.

»Der Zehetmeier von der Raiffeisenkasse stockt sicher unseren Kredit auf. Ich mache einen Termin«, schlug Anton vor.

Als Eva an einem der folgenden Tage bei der örtlichen Raiffeisenkassa eintraf, stand ihr Mann schon vor der Holztür, die in das kleine Haus zwischen Kirche und Wirtshaus führte. Er schaute auf die Uhr. Eva trug Nylonstrümpfe, einen dunkelgrauen Rock, eine strahlend weiße Bluse und eine schwarze Kostümjacke.

»Fesch«, sagte Anton. »Willst du den Zehetmeier bezirzen?«

»Im Hauskittel würde ich ja wohl kaum Eindruck auf ihn machen. Er soll nicht glauben, dass wir uns das neue Haus nicht leisten können«, sagte Eva.

Anton klopfte an die Tür und ging voran in den verqualmten Raum, Eva hinter ihm her. Sepp Zehetmeier drückte seine Zigarette aus und deutete auf die Sessel vor seinem Schreibtisch. Er schob eine wuchtige Schreibmaschine zur Seite und nahm ein paar Zettel zur Hand.

»Kommen wir gleich zur Sache«, sagte er. »Danke für deine Unterlagen, Anton. Ich habe sie schon geprüft, wir können dir den Kredit bewilligen. Aber wir brauchen Sicherheiten.«

»Ihr habt doch schon das Pfandrecht auf das Haus –«, sagte Eva.

»Das wird nicht ausreichen«, unterbrach sie der Kassenleiter, um sich dann gleich wieder an Anton zu wenden. »Du könntest mit deinem Lehrergehalt bürgen. Als Genossenschaftsbank müssen wir sicher sein können, dass das geliehene Geld nicht verloren geht. Das verstehst du doch, oder?«

»Es sieht vielleicht so aus, als wären wir auf diesen Kredit angewiesen, aber Anton –«, sagte Eva.

»Bitte, lass uns das regeln«, fiel ihr Anton ins Wort.

Er drehte sich wieder zu Sepp Zehetmeier, dankte ihm für sein Entgegenkommen und bat ihn, die entsprechenden Papiere vorzubereiten. Zehetmeier holte eine Schnapsflasche aus dem Schrank hinter seinem Schreibtisch und goss drei kleine Gläser ein, um das Geschäft symbolisch zu besiegeln. Eva nippte an ihrem Glas, während die zwei Männer anstießen und sich weiter unterhielten. Schließlich verließen sie das Büro, und Anton zeigte sich in bester Laune.

»Das ist doch gut gelaufen«, sagte er zufrieden.

»Wir hätten verhandeln sollen«, sagte Eva.

»Ich bürge mit meinem Gehalt, und du bist unzufrieden.«

»Es reicht doch, wenn sie das Pfandrecht auf das Haus haben. Du hättest mich ausreden lassen sollen, vielleicht hätte ich ihn umstimmen können.«

»Dafür ist es jetzt zu spät. Aber wie du willst, ich werde in Zukunft nicht mehr mithelfen.«

»Was soll denn das heißen?«

»Na, wenn du so genau weißt, wie alles läuft, kannst du dich ja auch selbst darum kümmern. Die Kinder, der Haushalt und die Baustelle, das wird ja wohl zu schaffen sein. Und wie es aussieht, willst du die Dinge sowieso allein in die Hand nehmen.«

In den folgenden Wochen gingen die Abbrucharbeiten am alten Holzhaus zügig weiter, auch deshalb, weil Nachbarn und Bauern aus dem Ort mithalfen, insgesamt etwa ein Dutzend Männer. Sie taten das, weil sie dafür bezahlt wurden oder das Versprechen erhielten, dass Anton und Rudi auf ihren Baustellen mit anpacken würden, und Eva sorgte dafür, dass sie immer gut verköstigt waren. Außerdem hatte die Erntezeit noch nicht begonnen, sodass auf den Höfen weniger zu tun war.

Der hölzerne Aufbau war fast vollständig abgetragen, nun schlugen sie mit Spitzhacken und Brecheisen Stein für Stein aus dem Fundament. Zwei Männer schleppten Eimer mit den zerschlagenen Kacheln des alten Ofens. Willi krabbelte im Hof herum und versuchte, einen der Holzberge zu erklimmen. Die Dachschindeln hatten es ihm besonders angetan. »Komm her, das ist zu gefährlich!«, ermahnte ihn Eva. Sie lief zu ihm und zog ihn am Arm. Willi rutschte von einem Brett, als wäre das alles ein großer Spielplatz. Vor ein paar Wochen hatte er seinen ersten Schritt getan, früh für einen Buben seines Alters. Nun wollte er alles erkunden, was irgendwie in greifbarer Nähe lag. Eva hob ihren kleinen Sohn hoch und trug ihn zu seinem Bruder, der schon aus der Schule zurück war. »Kannst du auf ihn aufpassen, nur für einen Moment?«, fragte sie Rudi.

Ein paar Männer schaufelten den Bauschutt in Holztruhen und leerten sie auf den Anhänger eines Traktors. Schließlich war der Anhänger voll beladen, die Männer setzten sich obendrauf. Einer reichte Eva die Hand. Mit der anderen raffte sie ihren staubigen Rock und kletterte als Letzte auf den Anhänger.

»Wir werden eine Weile unterwegs sein«, sagte der Fahrer des Traktors.

»Kein Problem«, rief Eva ihm zu.

Der Motor brummte so laut, dass er sie vermutlich nicht hören konnte. Die Fahrt ging langsam voran, auf dem Schotterweg wurden alle, die auf dem Anhänger saßen, kräftig durchgeschüttelt. Eva betrachtete ihre rissigen Hände.

»Du hättest nicht mitarbeiten sollen«, sagte einer laut.

»Ich kann euch doch nicht alles allein machen lassen«, antwortete sie.

Etwa nach einer halben Stunde bog der Traktor auf das Betriebsgelände der Baumeisterei. Der Maurer, der auch die Bauarbeiten am Haus leitete, deutete auf eine Maschine und erklärte den Arbeitsablauf: »Hier werfen wir den Schutt rein, dann rieselt das Abbruchmaterial in den richtigen Korngrößen durch das Gitter. Zum Kies geben wir Hüttenbims und –«

»Hüttenbims?«, fragte Eva.

»Geschäumte Hochofenschlacke vom Stahlwerk in Linz«, sagte einer der Männer, der im Vorjahr selbst gebaut hatte.

Eva nickte, der Maurer fuhr fort: »Und dann füllen wir die Masse in die Formen und pressen die Ziegel in der Rüttelmaschine. Zum Schluss legen wir alles zum Trocknen auf, später wird gebrannt. Mit den fertigen Schlackenziegeln können wir in ein paar Wochen aufmauern. Noch Fragen?«

Die Männer schüttelten den Kopf und luden den Bauschutt von der Ladefläche des Traktoranhängers. Eva schleppte ein paar Kübel mit der fertig angerührten Masse zu den Pressformen, musste aber erkennen, dass sie für diese Tätigkeit nicht genug Kraft hatte. Irgendwann fragte einer der Männer nach einem Most, und so begnügte sie sich schließlich mit der Rolle der Kellnerin.

Als sie abends auf dem Anhänger des Traktors heimfuhren, waren alle so erschöpft, dass kaum jemand ein Wort sprach. Die Luft war schon kühl, Eva fröstelte es in ihrem Rock. Zu Hause angekommen dankte sie den Männern für ihre Hilfe und schleppte sich in die Stube, wo Anton auf der Eckbank saß und die Hefte seiner Schüler korrigierte. Rudi blätterte in der Zeitung, Willi spielte am Boden mit seinen Holzklötzen.

Eva ging ins Schlafzimmer, zog sich den dreckigen Rock aus und streifte den schwarzen Hauskittel über. In der Küche setzte sie Wasser auf und bereitete das Abendessen vor.

An diesem Tag gingen sie alle vier früh zu Bett. Eva mochte die Geräuschkulisse, die entstand, wenn ihre drei Männer schliefen, wenn zuerst Rudi einatmete, dann Anton ein wohliges Grunzen von sich gab und zuletzt Willi mit einem leisen Säuseln ausatmete. Es klang, als würde sich ein Chor einsingen, so fein waren ihre Töne aufeinander abgestimmt.

Normalerweise beruhigte sie dieses monotone Brummen und Pfeifen, aber Eva konnte nicht schlafen, obwohl sie todmüde war, die Baustelle ging ihr nicht aus dem Kopf. Es gab so viel zu tun, vom vollständigen Abriss des alten Fundaments über die Planung des neuen Hauses bis zur Beschaffung des Materials. Und natürlich musste sich jemand darum kümmern, dass alle diese Dinge reibungslos abliefen, Anton hatte kaum Zeit, er war mit der Schule mehr als ausgelastet. Aber sie wusste nicht, ob sie es schaffen würde: Die Arbeiter hatten mit der Ungeduld, mit der sie ihr Fragen stellten und keine ernstzunehmenden Antworten erwarteten, einen wunden Punkt getroffen. Sie war keine von ihnen. Eine *Bauherrin*, schon allein das Wort, lächerlich!

Willi schmatzte laut und drehte sich in seinem Bett. Eva stand auf und strich ihm über die Haare. Dann tat sie das, was sie heimlich schon seit seiner Geburt machte: Sie streckte den Zeigefinger aus, hielt ihn vor seine Nase und erspürte den ausströmenden Atem auf ihrem Finger. Nie erzählte sie jemandem von diesem Ritual, das sich jede Nacht wiederholte. Irgendwann, sobald Willi größer wäre, würde sie damit aufhören.

Die Tage wurden heißer, auf den Feldern konnte man beinahe zusehen, wie das Getreide in die Höhe schoss. Auch das Haus schien jeden Tag ein paar Zentimeter zu wachsen. Eva musste Kunden im Geschäft bedienen, sie hatte deshalb Willi zu seinem Vater gebracht, der an diesem Nachmittag auf der

Baustelle mithalf. Als sie aus dem Laden zurückkam, sah sie aus dem Stubenfenster zum Hof, wo Rudi gerade den Mörtel anrührte. Er füllte gesiebten Sand in eine Truhe, gab ungelöschten Kalk und eine Schaufel Zement dazu und verrührte alles mit Wasser. Die Arbeiter würden heute damit beginnen, den ersten Stock aufzumauern. Zwei von ihnen standen schon mit Holztragen bereit, um den Mörtel über eine Rampe hinaufzuschleppen, die einer großen Hühnerleiter glich.

Eva ging in den Hof und stellte eine Kaffeekanne und Tassen auf einen kleinen Tisch, dazu einen halben Gugelhupf und *Radlkrapfen*, die zuckersüß waren, vor Fett trieften und sich sowohl bei den Arbeitern als auch bei den Kindern großer Beliebtheit erfreuten. Ein paar Helfer kamen, um Pause zu machen.

Eva fragte die Männer, wie es auf den Feldern mit der Gerste und dem Weizen aussehe, wann das Getreide reif sei und wer wie lange bleiben könne, bis die Ernte losgehe. Im Kopf überschlug sie, dass es sich knapp ausgehen könnte, die Rohbauphase bis dahin abzuschließen. Anton gesellte sich zu der Gruppe, die sich rund um den Kaffeetisch gebildet hatte.

»Wo ist eigentlich Willi?«, fragte Eva ihn.

»Der sollte doch bei Rudi sein, ich hab ihn darum gebeten, ein Auge auf seinen Bruder zu haben«, sagte Anton.

Eva runzelte die Stirn. Mitten im Hof rührte Rudi noch immer den Mörtel an. Eva ging auf ihn zu, bewusst darum bemüht, nicht allzu panisch zu wirken. Ihr älterer Sohn, von der Statur her fast schon ein Mann, wischte sich mit dem Handrücken Staub aus dem Gesicht.

»Hast du Willi gesehen?«, fragte Eva.

»Nein, wieso?«, antwortete Rudi.

»Aber du solltest doch auf ihn aufpassen«, sagte Anton, der Eva gefolgt war.

»Jetzt bin ich schuld, dass er weg ist, oder was?«, protestierte Rudi.

»Weit kann er ja nicht sein. Hilf uns suchen! Dein Vater und ich gehen zum Bach. Und du fragst die Leute auf der Baustelle und die Nachbarn. Aber vergiss keinen!«

Eva konnte ihn spüren, den kleinen Körper, wie er leblos in ihren Armen lag. Bilder, in denen sie sich selbst sah, tauchten vor ihrem geistigen Auge auf, Bilder, in denen sie hilflos nach jemandem suchte, der dem Kind auf ihrem Arm wieder Leben einhauchen könnte. Wie in Trance blickte sie auf sich selbst herab, während sie am Boden kniete, ihr Mann herbeieilte und sie sich zu zweit über das Kind beugten, das sich nicht mehr bewegte. Es war ein Albtraum am helllichten Tag. Sie machte sich Vorwürfe, dass sie nicht besser auf ihr Kind aufgepasst hatte, es nicht bewacht hatte wie eine Glucke, die Sorge hat um ihr Junges, verständliche Angst, wie sich in diesem Moment herausstellte. Willi war noch viel zu klein, er konnte nicht schwimmen, wusste nichts von der Gefahr des Wassers. Nach Atem ringend erreichte Eva das Ufer des Baches, der hinter dem Obstgarten dahinrauschte.

Dort fixierte sie eine Stelle im Bachbett, von der sie ahnte, dass das Wasser dort tiefer war, dass es Wirbel und eine Strömung gab, die ihren kleinen Sohn mühelos in Sekunden mitreißen würde. Sie rief nach Willi und auch Anton rief mehrmals seinen Namen, zuerst ruhig, dann immer lauter. »Nichts«, seufzte er schließlich.

Den Blick starr auf die tiefe Stelle gerichtet, stieg Eva ins Wasser, das in ihre Schuhe schwappte und das Leder dunkel färbte. Ihre Füße wurden so schwer, als würde sie jemand nach unten ziehen, sie konnte kaum mehr einen Schritt vor den anderen setzen.

»Wir müssen ihn finden!«, schrie Eva gegen das Tosen und Gurgeln des Baches an.

»Aber er ist doch ganz offensichtlich nicht hier«, rief Anton ihr zu. »Er wird bei den Nachbarn sein. Komm, wir suchen ihn dort.«

»Nein, ich suche weiter unten!«

Anton schüttelte den Kopf und stapfte davon. Eva watete im steinigen Bachbett flussabwärts.

»Willi. Willi! Willi! WILLI!«

Immer wieder rief sie seinen Namen, bis alles um sie herum sich drehte, Klänge vom Fluss sich mit einer Stimme vermischten, die aus der Ferne kam. War das Antons Stimme? Sie konnte es nicht sagen, und es war ihr auch gleichgültig, nichts war mehr wichtig, nichts außer ihrem Kind, ein Kind, das jetzt vielleicht schon tot war.

»Eva!«, hörte sie. »Eva! EVA!« Sie ließ sich fallen, ihr Körper sackte ins eiskalte Nass, Kieselsteine umspülten ihre Schultern, als sie schon auf dem Grund lag. Sie öffnete die Augen: Durch das Wasser sah sie alles verschwommen, die Zweige und das Hellblau des Himmels und das Gelb der Sonne. Sie wartete darauf, dass der Bach sie davontrug, sie schloss die Augen, die Zeit schien still zu stehen.

Da bemerkte sie eine Hand an ihrem Arm. Jemand umfasste den Brustkorb und hob sie aus dem Wasser. Sie spürte das Flusswasser an ihrem Körper herabrinnen, der kräftige Druck an ihrem Arm schmerzte.

»Was in Teufels Namen sollte das werden?«, schrie Anton. Er zerrte ihren reglosen Körper ans Ufer und legte ihn auf die Wiese. Als Eva die Augen öffnete, sah sie Willi, der neben ihr hockte. Er hielt sein Gesicht dicht über ihrem, starrte sie an und ließ abgerupftes Gras auf ihren Kopf fallen. Dann wischte er ihr die Halme aus dem Gesicht. Sie wusste nicht, ob sie wach war oder träumte, die Ohnmacht wich einer eigenartigen Gefühlslage, die sie nur aus den Stunden nach der Geburt ihrer Kinder kannte. Eva zog Willi zu sich und umarmte ihn. Sie war zugleich schwach, dankbar und glücklich und doch gelang es ihr nicht zu sprechen, als sie seinen Namen sagen wollte.

Anton, der bis auf die Haut durchnässt neben den beiden stand, drängte Eva, zurück ins Haus zu gehen. Er half ihr aufzustehen, nahm sie an die eine Hand und Willi an die andere, als würde er zwei Kinder begleiten. Er zog sie quer durch den Obstgarten und über den Hof bis in die Stube. Dort setzte er sich und schüttelte den Kopf, während er immer wieder »Nein« sagte. »Nein, nein, nein!« Eva folgte mit ihrem Blick dem Rinnsal, das sich am Fußboden bildete, während Willi sich an ihren nassen Rock lehnte. Anton reichte ihr ein Handtuch und trockene Kleidung aus der Truhe neben ihrem Bett, dann zog er sich selbst um. Eva sah ihm dabei zu, ohne sich zu rühren. Er hielt inne und forderte sie auf, die nassen Sachen auszuziehen. Eva nickte und schaffte es, sich ebenfalls umzuziehen und anschließend etwas zu kochen. Als sie den Tisch deckte, sagte Anton: »Ich muss mir doch keine Sorgen machen? Einen solchen Vorfall werden wir nicht mehr haben, nicht wahr? Einfach im Bach zu versinken – was hast du dir nur dabei gedacht!« Danach sprach niemand mehr über diesen *Vorfall*, obwohl ihn jeder auf der Baustelle bemerkt hatte, auch Rudi hatte seine Eltern nass ins Haus gehen sehen.

Eva stellte eine große Schüssel mit Knödeln auf den Tisch. »Mama, was soll ich den Bauarbeitern wegen der Gleichenfeier sagen?«, fragte Rudi.

Sie hörte ihn und doch kam es ihr vor, als hätte jemand hinter einer Glaswand gesprochen, ganz so, als wäre sie in einer Blase gefangen, als wäre sie abgeschnitten vom Rest der Welt. Sie nahm zwar wahr, was um sie herum geschah, aber es interessierte sie nicht sonderlich und sie hatte auch keine Kraft, darauf zu reagieren. Sie fühlte sich so leer und schwer, dass sie den Kopf am liebsten auf die Tischplatte gelegt hätte und eingeschlafen wäre. Es dauerte ein paar Sekunden, bis Eva klar wurde, dass ihr Sohn auf eine Antwort wartete.

»Mama, was soll ich sagen?«, fragte Rudi noch einmal.

Seine Worte klangen merkwürdig fremd. Es war, als würde er nicht mit ihr, sondern mit jemand anderem sprechen, als wäre es gar nicht ihr Leben, als würde sie das alles aus der Distanz beobachten.

Eva konnte nicht antworten. Vor vielen Jahren, in ihrer Kindheit und Jugend, war sie eine gute Schwimmerin gewesen. Sie hatte in einem verschilften Weiher in der Nachbarschaft schwimmen gelernt und liebte es, die Augen unter Wasser zu öffnen und nach oben in den Himmel zu schauen, in verwischtes Hellblau und Braun und Grün, Farben, die ineinanderflossen wie auf einem Gemälde, auf dem sich Zweige eines Baumes und Umrisse vorbeifliegender Vögel abzeichneten. Für Sekunden, vielleicht für eine Minute war für sie alles über der Wasseroberfläche nur ein verschwommenes Bild, nicht nah und vor allem nicht real. Genau dieses Gefühl hatte sie auch jetzt.

»Eva, wenn du willst, dass Rudi dir bei der Gleichenfeier hilft, musst du ihm sagen, wann sie stattfinden soll und was wir alles vorbereiten müssen.« Jetzt war es die Stimme von Anton.

»Ja«, sagte Eva. Es kostete sie alle Kraft der Welt. »Ja.«

An den folgenden Tagen blieb sie die meiste Zeit im Haus,

kochte, putzte und kümmerte sich um Willi. An die Eingangstür zum Geschäft klebte sie einen Zettel mit der Information »Vormittags geschlossen!«. Sie öffnete die Kramerei nur noch, wenn Rudi von der Schule kam und ihr helfen konnte. Wieder redeten die Leute, wieder war sie zu einem Sonderling im Ort geworden. Sie belauschte eine Unterhaltung vor dem Laden. »Komisch war die Anzgruber schon, als sie hergezogen sind«, hörte sie eine Stimme. »Und jetzt sagt sie gar nichts mehr. Der Anton hat's schon schwer mit so einer!«

Willi störte es nicht, dass seine Mutter schweigsam war, und auch Rudi schien es, abgesehen von der zusätzlichen Arbeit in der Greißlerei, egal zu sein. Er hatte sich rasch damit abgefunden und führte beim Essen umso lebhaftere Gespräche mit seinem Vater. Der sorgte sich um Eva, war aber auch froh, dass sie zumindest den Haushalt erledigte. Dass er so dachte, wusste Eva nicht, weil er mit ihr darüber redete, sondern weil er einmal in der Woche mit seinen Eltern in Linz telefonierte. Die Versicherung hatte nach dem Hochwasser doch eine höhere Schadenssumme ausbezahlt, als sie erwartet hatten, und so konnten sie sich einen Fernsprechapparat der Marke Saba leisten, das Modell W48 mit Mithörmuschel. Anton liebte es zu telefonieren, es wurde eine Art Hobby, obwohl die Gespräche kurz sein mussten, wegen der hohen Kosten.

Mittlerweile hatte der Baumeister vollständig das Kommando auf der Baustelle übernommen, weil Anton sich meist der Schule, seinem Chor und der Blasmusik widmete und Eva nicht die Kraft fand, ihre alte Rolle als Bauherrin wieder einzunehmen. Es schien, als wäre der Baumeister ohnehin recht froh darüber, musste er so doch keine Entscheidungen mehr mit einer Frau besprechen.

Die Baustelle war Eva inzwischen völlig gleichgültig. Es waren noch vier Tage bis zu Gabrieles siebtem Geburtstag. Der Gedanke, an diesem Tag das Grab ihrer verstorbenen Tochter nicht besuchen zu können, plagte sie, aber sie konnte es nicht ändern: Noch immer war es ihr unmöglich zu sprechen, und Anton würde von sich aus niemals vorschlagen, nach Jenseits zu fahren, zumal sie noch immer keinen Wagen hatten. Außerdem vermied er es, über Gabriele zu sprechen, auch Willi gegenüber hatte er sie noch nie erwähnt, was sich auch in Zukunft nicht ändern sollte.

Völlig überraschend kam in den Tagen vor Gabrieles Geburtstag ein Anruf des Pfarrers aus Jenseits. Ohne darüber nachzudenken, hatte Eva den Hörer abgehoben.

»Frau Anzgruber, ich rufe wegen Gabrieles Grab an«, sagte er. »Frau Anzgruber, hören Sie mich?«

Eva wusste, dass sie antworten musste, aber der Sturm in ihrem Kopf wollte sich nicht legen. »Ja«, sagte sie mit aller Kraft.

»Ihre Nachbarin, die Frau Huber, hat die Pflanzen auf Gabrieles Grab manchmal gegossen, aber trotzdem sieht es ein wenig verwildert aus, die Rehe fressen ja alles ab. Sie müssen sich deshalb keine Vorwürfe machen! Ich verstehe die Umstände, Ihr neuer Wohnort ist zu weit entfernt.«

»Ja.«

»Also, es geht um Folgendes: Wir bräuchten Platz auf dem Friedhof … Frau Anzgruber, ich höre Sie nicht, sind Sie noch da?«

»Ja.«

»Sehr gut! Da Sie die Gebühr für das Grab schon länger nicht bezahlt haben, wollte ich fragen, ob es Ihre Zustimmung fände, wenn wir das Grab, nun ja, auflösen würden … Sind Sie noch am Apparat? Frau Anzgruber?«

Eva brachte kein weiteres Wort mehr heraus, sie gab den Hörer an Anton weiter. Er murmelte etwas ins Telefon, das sie nicht verstand, und sagte dann: »Aha … Entschuldigung! … Ja., ich verstehe … Selbstverständlich! … Ja … Danke!«

Anton legte auf.

»Du willst wissen, was der Pfarrer und ich besprochen haben?«, fragte er.

Eva nickte.

»Dann rede mit mir«, schrie Anton plötzlich, packte sie an den Schultern und schüttelte sie.

Schließlich ließ er von ihr ab, rannte aus der Stube und schlug die Tür hinter sich zu. Vom Knall erschrocken fiel Willi auf seinen Hintern und begann zu weinen. Eva nahm ihn hoch, ging mit ihm zum Tisch, setzte sich und schrieb *Jenseits, Friedhof* und die Postleitzahl von Jenseits auf einen

Zettel. Dann brachte sie Willi zu seinem Bruder in den Laden und gab den Zettel dem Baumeister.

»Was ist damit? Meinen Sie den Ort Jenseits?«, fragte er.

Eva deutete auf den Transporter der Baumeisterei.

»Sollen wir Sie dorthin fahren? Jetzt?«

Eva nickte. Er zuckte mit den Achseln, beorderte einen der Arbeiter zu sich und erklärte ihm, was zu tun war.

Als Eva und der Arbeiter eine Stunde später in Jenseits eintrafen, hielten sie beim Pfarrhof. Eva klingelte, der Pfarrer öffnete persönlich das kunstvoll geschnitzte Holztor. Für einen Moment hatte sie das Gefühl, in Ohnmacht zu fallen.

»Ich …«, begann Eva.

»Ja?«, sagte der Pfarrer.

»Ich …«

»Frau Anzgruber, ich hätte Sie fast nicht wiedererkannt!«

Eva kramte aus ihrer Handtasche Zettel und Stift hervor.

»Was ist mit dem Grab von Gabriele?«, schrieb sie.

Der Pfarrer wunderte sich: »Sind Sie krank?«

Eva schüttelte den Kopf und deutete auf ihren Hals.

»Ihr Mann hat mir gesagt, dass Sie nicht möchten, dass das Grab aufgelöst wird.«

»Das stimmt«, kritzelte Eva auf den Zettel.

»Dann ist es gut«, sagte der Pfarrer. »Ihr Mann meinte, er bezahle die offene Gebühr. Er habe nur darauf vergessen, es sei ein Versehen gewesen.«

Eva nickte und berührte den Pfarrer am Oberarm, um zu verhindern, dass er das Gespräch beendete.

»Einen Vorschlag«, schrieb Eva.

»Bitte«, sagte der Pfarrer gönnerhaft.

»Sie brauchen das Grab?«

»Ja, so ist es«, sagte der Pfarrer. »Wir bräuchten den Platz. Es kann noch eine Weile dauern, bis die Erweiterung des Friedhofs fertiggestellt und eingeweiht wird, und am alten Friedhof gibt es keine freien Gräber mehr, das wissen Sie ja.«

»Sie können den Platz haben.«

»Ja, tatsächlich?«

»Eine Bedingung!«

Der Pfarrer sah Eva fragend an und warf einen skeptischen Blick auf den Arbeiter, der hinter ihr stand.

»Sie stimmen einer Verlegung von Gabrieles Grab zu«, brachte Eva in möglichst deutlicher Schrift zu Papier.

Der Pfarrer schien zu überlegen.

»In Ordnung, ich werde mich erkundigen, was möglich ist. Aber versprechen kann ich nichts«, sagte er schließlich.

Er wollte sich umdrehen und die Tür schließen, aber Eva berührte ihn wieder am Oberarm.

»Ja? Gibt es noch etwas, Frau Anzgruber?«, fragte er.

»Mein Mann weiß nichts davon«, schrieb Eva.

Der Pfarrer bestätigte das Gelesene mit einem Nicken. Dann sagte er: »Ihr Mann überweist die offene Gebühr für das Grab, wenn wir aber das Grab auflösen und verlegen, dürfte ich sie Ihnen eigentlich nicht verrechnen.« Eva hörte ihm zu, überlegte kurz, dann notierte sie: »Das ist eine Spende.«

Der Pfarrer las die Worte und verabschiedete sich mit einem »Grüß Gott«. Dann besann er sich und ergänzte: »Vergelts Gott!«

Zurück im Auto dirigierte Eva den Arbeiter zum Friedhof. »Was haben Sie dem Pfarrer auf den Zettel geschrieben?«, fragte er.

Eva saß neben ihm und lächelte, ohne etwas zu sagen.

»Die Leute auf der Baustelle sagen, Sie hätten Ihre Stimme verloren«, fuhr er fort. »Können Sie nicht sprechen?«

»Nein«, sagte Eva.

Jetzt musste der Arbeiter lachen. »Aber jetzt haben Sie doch gerade gesprochen!«

»Es ist schwer.«

»Reden ist schwer? Na, Sie müssen mir ja nicht sagen, was Sie auf den Zettel geschrieben haben. Ist auch Ihre Sache.«

»Nichts Besonderes«, sagte Eva.

Irgendetwas hatte sich verändert, das Reden fiel ihr plötzlich wieder leichter, möglicherweise auch deshalb, weil der Arbeiter mit all dem nichts zu tun hatte.

»Sie meinen, es stand nichts Besonderes darauf?«

Eva nickte.

»Wollten Sie nicht, dass ich es höre?«

»Es gab andere Gründe«, sagte Eva und dann, um das

Thema zu wechseln und weil sie sich danach sehnte, wieder einmal ein normales Gespräch zu führen: »Wie heißen Sie eigentlich?«

»Josef«, sagte der Arbeiter.

Am Friedhof angekommen ging Eva allein zum Grab. Sie war froh, Gabriele einen Tag vor deren Geburtstag besuchen zu können. Der große, herzförmige Stein, den sie bei ihrer Abreise damals hinterlassen hatte, lag noch da. Sie fand einen weiteren Stein in Herzform. Das erste Mal, seit dem Tod ihrer Tochter, hatte sie das Gefühl, richtig lebendig zu sein, sich wieder ganz zu spüren. Nicht einmal nach der Geburt von Willi hatte sie diese Freude empfunden, die sie nun so deutlich und fast körperlich wahrnehmen konnte, vom Kopf bis zu den Füßen, vom Herzen bis in die Fingerspitzen. Sie legte den Stein auf das Grab, sprach ein Gebet und ging zurück zum Wagen.

»Ihr Kind?«, fragte Josef auf der Heimfahrt.

»Bitte?«, fragte Eva.

»Das Kindergrab. Ich habe gesehen, dass Sie zu einem Kindergrab gegangen sind.«

»Ja, meine Tochter Gabriele. Sie ist gestorben, als sie ein Jahr alt war. Morgen ist ihr Geburtstag. Haben Sie Kinder?«

»Nein, leider. Wir hätten gerne welche«, sagte Josef.

»Wie alt sind Sie denn?«

»Achtundzwanzig.«

»Da haben Sie noch Zeit …«

»Meine Frau hat ein Kind verloren.«

»Das tut mir leid!«

Während der restlichen Fahrt saßen die beiden schweigend nebeneinander. Als sie in Höhenhart eintrafen, war es schon fast dunkel. Josef verabschiedete sich und Eva ging ins Haus, wo Anton mit einer Zeitung auf der Stubenbank saß. Eva zog ihren Mantel aus und bereitete in der Küche das Abendessen vor. Anton legte die Zeitung auf den Tisch und stand auf.

»Wo warst du?«, fragte er, mit einem kaum verborgenen Ärger in der Stimme.

Eva wollte ihm nicht antworten.

»Sag, wo du warst!«, herrschte er sie an. »Oder ich frag den Arbeiter, der dich gefahren hat.«

»Dann frag ihn«, sagte Eva.

»Jetzt reicht's aber! Die ganze Zeit redest du nichts, ich hab die ganze Arbeit in der Schule, Rudi steht allein im Laden und du, du kümmerst dich nicht einmal ordentlich um Willi, sondern lässt dich in der Gegend herumkutschieren.«

»Es war wichtig.«

»Das hier ist wichtig, die Kinder, der Haushalt, das Geschäft. Wie soll ich mich auf meine Arbeit konzentrieren? Ist dir das alles egal?«

»Darum geht es doch gar nicht.«

»Worum geht es dann?«

»Das Telefonat. Warum hast du mir nicht gesagt, was du mit dem Pfarrer von Jenseits ausgemacht hast?«

»Weil du sowieso nicht mit mir gesprochen hättest.«

»Weil ich nicht konnte.«

»Sicher konntest du! Den Mund aufmachen hättest du sollen, so schwer ist das nicht. Du hast jetzt wochenlang nicht geredet, und warum? Ich bin mit einer Verrückten verheiratet, das denken die Leute. Wo bist du eigentlich die ganze Zeit mit deinen Gedanken? Manchmal glaube ich, du bist genauso verrückt wie dein Bruder, dieser absonderliche Windpoet. Dieser unglaubliche Unsinn, den er immer zusammengeschrieben hat. *Glaub nicht an die Sterne. Glaub an das Licht.* Das Verrückte liegt bei euch scheinbar in der Familie.«

Anton pfefferte seinen Emaille-Becher in Richtung Abwasch und stapfte hinaus.

Eva war allein, jedenfalls dachte sie das, bis sie bemerkte, dass Willi mit stolpernden Schritten auf sie zukam. »Willi, mein Willi!«, sagte sie, nahm ihn in die Arme und drückte ihn zärtlich an sich, ihre Wange an seine.

»Mama«, sagte er.

Die nächsten Tage wartete Eva ungeduldig auf die Nachricht des Pfarrers. Er hatte versprochen, Rücksprache zu halten wegen der Verlegung von Gabrieles Grab. Immer, wenn das Telefon klingelte, was selten genug der Fall war, eilte Eva zum Apparat, um selbst abzuheben. Sie wollte vermeiden, dass der Pfarrer mit Anton sprach. Drei Tage später war es so weit.

»Frau Anzgruber …«

In der Leitung krachte es, trotzdem erkannte Eva die Stimme des Pfarrers sofort.

»Wie schön, dass Sie anrufen!«

Sie versuchte, ruhig zu sprechen, ohne einen Anflug von Aufregung in der Stimme.

»Sie wissen ja, warum ich mich melde«, sagte er. »Es ist leider so, dass die Diözese Ihr Anliegen abgelehnt hat.«

Eva spürte, wie ihre Stimme wieder versagte.

»Allerdings hätte ich einen Vorschlag … Frau Anzgruber, sind Sie noch am Apparat?«

»Ja«, sagte sie.

»Gut, also …« Er räusperte sich. »Es ist so: Wir haben, wie soll ich es nennen, einen gewissen Engpass. Es wird bald zu wenig Platz geben auf dem örtlichen Friedhof, ich hatte Ihnen die Sachlage bereits geschildert.«

»Ja.«

»Nun, ich würde den Totengräber beauftragen, eine Exhumierung durchzuführen, und dieses Vorgehen mit Ihrem Wunsch begründen.«

»Und die Diözese?«

»Ich würde natürlich, sozusagen ganz korrekt, in den Matrikeln unserer Pfarre vermerken, dass die Exhumierung stattgefunden hat und der Leichnam übergeben wurde, um später in ein Familiengrab überführt zu werden.« Er machte eine Pause und schien sich den folgenden Satz genau zu überlegen: »Sie können mir hiermit bestätigen, dass es ein Familiengrab in Ihrer neuen Heimatgemeinde gibt?«

»Ja, sicher … ja«, stammelte Eva. Natürlich gab es noch immer kein Familiengrab in Höhenhart, aber das würde sich ändern, sobald Gabrieles Grab dort wäre. So gesehen war ihre Antwort nicht einmal gelogen, dachte sie, und es war ja auch egal, der Pfarrer würde kein offizielles Schriftstück benötigen.

»Ich würde Sie dennoch bitten, über unsere Übereinkunft Stillschweigen zu bewahren«, mahnte er.

»Was heißt das?«

»Der Totengräber übergibt Ihnen den Sarg mit den sterblichen Überresten Ihrer Tochter. Für alles Weitere müssten Sie selbst Sorge tragen.«

Eva spürte ihr Herz klopfen, nicht nur in der Brust, sondern auch im Hals und unter der Schädeldecke.

»Einverstanden«, sagte Eva.

»Gut, ich habe bereits mit dem Totengräber gesprochen: Am Dienstag nach Mariä Himmelfahrt wird er frühmorgens die Exhumierung vornehmen. Wenn Sie um vier Uhr am Grab sein könnten, wäre ich Ihnen dankbar.«

Eva legte auf und wischte die Küche auf. Beim Saubermachen konnte sie gut nachdenken, das Telefonat mit dem Pfarrer beschäftigte sie. Anton kam wenig später nach Hause, nahm einen Stapel Papier aus seiner Tasche und legte ihn auf den Stubentisch.

»Das sind ja gute Nachrichten«, frohlockte er und wedelte mit einem Zettel herum.

»Mhm«, konstatierte Eva geistesabwesend, ohne ihn anzusehen. Sie konnte sich kaum konzentrieren auf das, was er sagte.

»Sag, hörst du mir zu? Ich hab die Rechnung vom Baumeister bekommen. Er hat sie mir gerade draußen in die Hand gedrückt.«

»Warum dir?«

»Weil ich der Bauherr bin.«

»Und was sind die guten Nachrichten?«

»Die Rechnung ist nicht höher, als wir erwartet hatten.«

Eva konnte seine Euphorie nicht teilen, die Kosten waren hoch genug und die Baustelle ging ihr mittlerweile furchtbar auf die Nerven. Für die Dachziegel mussten sie den feinen Bachsand sieben. Der Staub legte sich nicht nur über die Gegenstände im Hof, sondern drang auch im Haus in jede Ritze. Außerdem hatte Eva das Gefühl, ein Wirtshaus zu führen, ständig kam jemand herein, dazwischen servierte sie eine Jause, an vielen Nachmittagen auch frisch gebackene Krapfen oder Kuchen. Aber sie wollte nicht jammern, sie war dankbar, dass so viele Leute aus dem Dorf da waren, sie hatten trotz der *guten Nachrichten* einfach nicht genug Geld und brauchten jede helfende Hand.

Anton legte die Rechnung weg, nahm ein Messer und die Schüssel mit den Erdäpfeln und begann sie zu schälen.

»Gut schaust du aus«, sagte er und sah Eva an.

»Danke«, antwortete sie. »Stimmt etwas nicht?«

Anton hatte ihr schon lange kein Kompliment mehr gemacht, und nach ihrem Streit wunderte sie sich noch mehr darüber, dass er schmeichelnde Töne anschlug und außerdem noch im Haushalt half.

»Es tut mir leid«, sagte Anton.

»Was genau?«

»Gibt es mehrere Dinge, die mir leidtun müssten?«

»Vielleicht.«

»Es tut mir leid, dass ich dich letzte Woche angeschrien habe. Und dass ich die Tür zugeschlagen habe. Und dass ich erst spät am Abend wieder nach Hause gekommen bin.«

»Drei Dinge also.«

»Ja, drei. Oder vier.«

»Was ist das vierte?«

»Dass ich deinen Bruder verrückt genannt habe.«

»Helmut war nicht verrückt.«

»Ja, ich weiß. Aber diese Gedichte, die er geschrieben hat, das war zumindest kauzig.«

»Findest du? Er hatte eben eine künstlerische Ader, du solltest das doch verstehen. Aber dein Orgelspiel in der Kirche, der Chor, das ist natürlich etwas *ganz* anderes!«

»Wie gesagt, es tut mir leid. Aber wir haben schon so viel durchgemacht, das Unglück mit Gabriele, die Sorgen nach dem Hochwasser. Dass du nicht gesprochen hast, war furchtbar für mich. Ich will dich nicht auch noch verlieren!«

Eva sah ihn an. Sie wusste nicht, was sie sagen sollte. Das Schreien, die zugeschlagene Tür, die Beschimpfungen, sie konnte das nicht einfach so vergessen.

»Entschuldigung«, wiederholte Anton.

»Bist du fertig mit den Erdäpfeln?«

»Ja, ich stell sie dir zum Herd.«

Eva nahm den Deckel vom Topf, um zu sehen, ob das Stöckelkraut schon fertig war. Der schwarze *Radi*, den sie geschält, klein gehachelt und gesalzen hatte, verbreitete einen beißenden Gestank, den auch der feine Geruch des Stöckelkrauts nicht überdecken konnte. Anton setzte sich wieder und sah ihr beim Kochen zu.

»Was wünschst du dir zum Geburtstag?«, fragte er.

»Wir können uns doch nichts leisten«, sagte Eva.

»Na, so groß wird dein Wunsch ja nicht sein.«

»Ich möchte einen Garten anlegen.«

»Ja sicher, das ist eine gute Idee. Wir können Wiesensamen säen und Efeu an der Hausmauer hochwachsen lassen. Margeriten würden mir auch gefallen.«

»Ich habe eher an einen Ziergarten gedacht. Dahlien, Pfingstrosen, Hortensien und einen Birnbaum in der Mitte.«

»Wieso denn einen Birnbaum?«

»Ich mag Birnbäume, die Wurzel eines Birnbaums ist so groß wie seine Krone.«

»Aber die Wurzel sieht man doch gar nicht.«

»Du hast mich gefragt, was ich mir wünsche.«

»Gut, dann lass uns mit dem Birnbaum anfangen.«

»Danke«, sagte Eva und deckte den Tisch.

Am nächsten Tag, als Anton und Rudi auf der Baustelle arbeiteten, griff Eva zum Telefonhörer, um Antons Mutter anzurufen. Sie brauchte Hilfe, um ihren Plan zu verwirklichen, konnte aber natürlich nicht offen darüber sprechen. Antons Mutter freute sich, von Eva zu hören. Nach ein paar höflichen Sätzen kam sie zum Punkt und schlug vor, sie könnten die Schwiegereltern in den Tagen nach Mariä Himmelfahrt besuchen. Eva war zufrieden, dass Antons Mutter schnell zustimmte. Sie schien sich sehr auf den Besuch und ein Wiedersehen mit den Enkelkindern zu freuen. Eva musste es jetzt nur noch so deichseln, dass Anton allein mit den Kindern zu seinen Eltern fuhr. Aber um ihren Plan tatsächlich umzusetzen, brauchte sie noch mehr Unterstützung und sie wusste auch, wo sie diese bekommen würde. Auf der Baustelle verlangte sie nach Josef.

»Der Zimmermann?«, fragte der Baumeister.

»Ich dachte, er sei Maurer.«

»Er arbeitet als Maurer, aber gelernt hat er Zimmermann.«

»Also gut, ist Josef der Zimmermann da?«, fragte Eva. Sie konnte ein Lachen kaum unterdrücken. »Sehr biblisch«, sagte sie noch, aber der Baumeister war schon gegangen, um den Arbeiter zu rufen.

»Frau Anzgruber, was gibt's?«, fragte Josef.

»Können Sie mich wieder fahren? Ich muss etwas abholen.«

»Sicher. Jetzt?«

»Erst am Dienstag nach Mariä Himmelfahrt«, sagte Eva.

Der Baumeister nickte und gab Josef ein Zeichen, dass er weiterarbeiten konnte.

»Sagen Sie mir Bescheid und Josef wird das machen«, erklärte der Baumeister.

»Noch eine zweite Bitte«, sagte Eva. »Wir wollen einen Garten anlegen und einen Birnbaum pflanzen. Könnten Sie eine Grube dafür ausheben lassen?«

»Machen wir.«

»Die Grube soll zu Mariä Himmelfahrt fertig sein.«

»In Ordnung. Aber bitte in den nächsten Wochen keine Sonderwünsche mehr, wir müssen uns auf die Baustelle konzentrieren. Es fallen wegen der Ernte immer mehr freiwillige Helfer aus. Das Haus muss vor dem Winter stehen.«

In den nächsten Tagen war Eva mit den Vorbereitungen für die Gleichenfeier beschäftigt. Sie hatte die Leute aus dem Dorf eingeladen, die auf der Baustelle halfen, deren Familien und natürlich auch den Baumeister, die Maurer und Zimmerleute und alle Nachbarn.

Am Morgen des Festes hatte sie ein großes Buffet vorbereitet, auf den Tischen lagen Selchfleisch, Käse und eingelegte Salzgurken, eine Auswahl der besten Kuchen, die sie backen konnte, von Linzer Schnitten über Radlkrapfen bis hin zu einer Primiztorte, für die sie eine große Menge Karotten und

Mandeln verwendet hatte. Sie wollte nicht geizen an diesem besonderen Tag, niemand sollte mehr Grund für Gerede haben. Die Lacher hinter ihrem Rücken, wenn sie mit Anton und den Kindern zur Messe ging, waren zwar verstummt, aber sie wusste von Rudi, dass noch immer Witze über sie gemacht wurden, im Wirtshaus und auch in der Schule. Sie wollte nicht, dass er sich schämen musste, und natürlich wollte sie ernst genommen werden, deshalb sollte alles an diesem Tag perfekt sein. Am neuen Dachstuhl thronte eine kleine, frisch geschnittene Fichte, die bunten Bänder, die sie schmückten, flatterten im Wind. Anton hatte es sich nicht nehmen lassen, den Baum selbst zu montieren. Er war dabei freudestrahlend herumgeklettert, was Eva gar nicht recht gewesen war.

Der Baumeister stieg später ebenfalls hinauf, um von oben herab eine gänzlich unpassende Rede zu halten, bei der er regelmäßig als Einziger über seine Scherze lachte. Als er endlich zum Ende kam, prostete er allen Gästen zu und ließ sein leeres Schnapsglas auf den Boden fallen, wo es mit einem dumpfen Schlag zerbrach. Später kam das Fest mit dem Anstich des Bierfasses so richtig in Fahrt. Ein paar der Bauarbeiter überredeten den kleinen Willi, einen Schluck zu trinken, was er tat und dann, nachdem er angeekelt die Nase gerümpft hatte, schnell eine triumphierende Haltung einnahm und einen weiteren Schluck eingeflößt bekam. Anton, der selbst schon etwas angetrunken durch die Gegend wankte, scherzte mit den Nachbarinnen und wurde zum Abschluss von den Arbeitern auf einem Holzbalken um das Haus getragen, schließlich war er der Bauherr.

Das für Eva größte Ereignis des Jahres fand einige Tage später statt, sie hatte dafür alles mit Sorgfalt geplant. Zu Mariä Himmelfahrt war sie spät schlafen gegangen, um ein paar Dinge vorzubereiten, und vor allem, um am folgenden Morgen müde und abgeschlagen auszusehen. Sie lag im Bett, begann zu husten und hoffte, dass Anton darauf aufmerksam werden würde.

»Was ist los?«, fragte er.

»Ich fühle mich elend«, sagte Eva. »Mir ist so heiß, vielleicht habe ich Fieber. Und diese Magenschmerzen sind kaum auszuhalten!«

Anton entschied zu Hause zu bleiben und seine Eltern nicht zu besuchen, wogegen Eva sofort protestierte.

»Also, ich weiß nicht … Kommst du zurecht?«, fragte er.

Eva hörte auf zu husten und setzte sich im Bett auf.

»Ich bin ja nicht allein. Falls ich etwas brauche, kann ich die Arbeiter auf der Baustelle darum bitten«, sagte sie.

»Dann fahren die Kinder und ich ohne dich. Aber wir müssen uns beeilen, damit wir den Zug nicht versäumen. Leg dich wieder hin«, befahl Anton.

Wenig später machte er sich mit Rudi und Willi auf den Weg, Eva stand am Fenster und winkte ihnen. Eine halbe Stunde später zog sie den Arbeitskittel über und fand Josef draußen auf der Baustelle.

»Morgen fahren wir«, sagte sie.

»Was ist morgen?«, fragte Josef.

»Darüber haben wir doch gesprochen: Wir holen etwas ab.«

»Was denn? Brauchen wir Hilfe?«

»Nein, wir schaffen das zu zweit.«

»In Ordnung, ich bin morgen ab acht Uhr auf der Baustelle.«

»Das ist zu spät. Können wir um drei Uhr abfahren?«

»Um drei Uhr früh? Das ist ja mitten in der Nacht!«

»Ich weiß, aber es ist schon so ausgemacht. Bitte!«

Josef kam am nächsten Tag um drei Uhr früh, Eva wartete bereits auf ihn. Der Baumeister hatte den Transporter wie vereinbart auf der Baustelle gelassen und Josef den Schlüssel gegeben. Josef kannte den Weg und steuerte den Wagen auf stockdunklen Wegen in Richtung Jenseits.

Pünktlich um vier Uhr erreichten sie den Friedhof, natürlich war es noch immer stockdunkel. Eva hätte Gabrieles Grab auch blind gefunden, aber das war gar nicht nötig, denn rundherum standen Fackeln, die man am anderen Ende des Friedhofs im leichten Wind flackern sah. Sie öffnete das schmiedeeiserne Eingangstor, als sie Schritte und eine Stimme hörte: »Grüß Gott!«

Sie zuckte zusammen, denn sie hatte niemanden gesehen. Ein Mann stand plötzlich direkt neben ihr, offensichtlich der Totengräber.

»Ich habe Sie gehört und mir gedacht, ich gehe Ihnen entgegen«, sagte er. Der kräftige Kerl hielt Eva seine Hand hin, er drückte ihre viel zu fest und deutete auf Josef.

»Der da ist der Bestatter aus Höhenhart?«

»Nein, das ist ein Freund, er hilft mir. Der Pfarrer hat erlaubt, dass wir den Sarg selbst abholen«, sagte Eva.

»In Ordnung, geht mich auch nichts an«, sagte der Totengräber.

»Warum brennen Fackeln beim Grab?«, fragte Eva.

»Sonst sehe ich nicht, wo ich graben muss. Nach so langer Zeit fressen sich Würmer in das Holz. Da ist alles morsch, man muss sehr aufpassen.« Eva hatte das Gefühl, als würde sich der Boden unter ihren Füßen auftun. Schon zuvor hatte sie befürchtet, es könnte zu spät sein, um Gabriele nach Hause zu bringen.

»Ist der Sarg … ist er beschädigt?«, fragte sie.

»Nein, ich hab mich auch gewundert. Nach so vielen Jahren sind Holzsärge oft schon am Zerfallen. Aber der hier hat nicht einmal ein Loch, der Boden ist an dieser Stelle auch sehr lehmig. Deshalb hat er wahrscheinlich standgehalten, weil keine Luft dazugekommen ist.«

»Sollen wir ihn gleich wegtragen?«, fragte Josef.

»Ja, beeilen wir uns lieber«, sagte der Totengräber. »Wir sollten auf jeden Fall fertig sein, bevor die Kirchgänger zur Morgenmesse kommen.«

»Sicher, es wird nicht lange dauern. Aber ich möchte vorher noch einen kurzen Augenblick allein am Grab sein«, bat Eva.

Der Totengräber und Josef blieben beim Eingang stehen und Eva ging über den durch die Fackeln erhellten Friedhof in Richtung Grab, das vertraute Geräusch der Kieselsteine unter ihren Füßen. In einiger Entfernung war der Ruf eines Kauzes zu hören. Sie fürchtete, jemand könnte sie sehen und im letzten Moment noch alles stoppen. Der Totengräber hatte die beiden Herzsteine auf den Grabstein gelegt, der Sarg stand verschlossen daneben. Sie legte ihre Hände darauf, der Wind wehte um ihre Haare. Eine Weile blieb sie so stehen. Als sie die Steinherzen in ihre Tasche steckte, hörte sie die beiden Männer näherkommen.

»Sind Sie so weit?«, fragte Josef, der höflichkeitshalber etwas Abstand zu Eva und dem Sarg hielt. »Wir müssten jetzt …«

»Ja, fahren wir, bevor es hell wird«, sagte Eva.

»Was soll ich mit dem Grabstein machen?«, wollte der Totengräber wissen.

»Bitte lassen Sie ihn stehen, bis die Stelle hier für ein anderes Grab verwendet wird. Der Pfarrer weiß Bescheid. Und könnten Sie neue Blumen pflanzen? Ich würde Sie dafür bezahlen.«

Eva steckte dem Totengräber ein paar Schillingscheine zu. Er und Josef trugen den Sarg zum Wagen, Josef legte ihn vorsichtig auf die Decke, die Eva auf der Ladefläche vorbereitet hatte. Auf der Rückfahrt sprachen sie kein Wort.

Als sie heimkamen, wurde Eva unruhig. Sie hatte die

Totenruhe gestört, niemand würde es verstehen. Josef hatte zwar versprochen, niemandem davon zu erzählen, aber vielleicht rutschte dem Baumeister eine dumme Bemerkung heraus? Immerhin wusste er, dass sie nach dem Wagen gefragt und um Josefs Hilfe gebeten hatte. Während Eva über all das nachdachte, parkte Josef den Transporter.

»Soll ich sie allein zum Garten tragen?«, fragte er und riss Eva aus ihren Gedanken.

Es fiel ihr auf, dass er mit *sie* nicht den Sarg meinen konnte. Sie hatte das Gefühl, er würde sie verstehen.

»Nein, wir machen das gemeinsam«, sagte Eva.

Der Kindersarg war leicht und trotz all der Jahre unter der Erde kaum verrottet, genau wie der Totengräber gesagt hatte. Sie mussten vorsichtig einen Schritt vor den anderen setzen, um nicht über Baumaterial oder Werkzeug zu stolpern, das im Hof nicht gerade ordentlich gelagert wurde. Im Garten angekommen machten sie Halt bei der Grube, die bereits am Vortag für den Birnbaum ausgehoben worden war.

»Die ist tief genug für den Wurzelballen, aber nicht für den Sarg«, stellte Josef fest.

»Dann graben wir tiefer«, sagte Eva.

»Ich mache das schon.«

Josef begann zu arbeiten, Eva saß neben dem Sarg. Die Morgendämmerung sorgte langsam für besseres Licht.

»Der Boden wird feuchter«, sagte Josef. »Ich glaube, das ist Grundwasser. Hier geht es nicht weiter.«

»Dann heben wir daneben eine zweite Mulde aus.«

»Das wird aber etwas dauern.«

»Ich helfe mit. Wir müssen schnell sein.«

»Gut, ich hole eine zweite Schaufel.«

Die Kirchturmuhr schlug drei Mal. Eva wusste, dass es jetzt kurz vor sieben sein musste, die Nachbarn waren sicher schon wach. Sie sorgte sich, dass jemand beobachten könnte, wie sie die Grube aushoben. Ein Nachbar stand immer früh auf, um die Kühe zu melken. Sie nahm die Schaufel und grub so schnell und kräftig, wie es ihr möglich war.

»Wie tief muss es noch werden?«, fragte sie nach einer Weile.

»Das sollte reichen«, sagte Josef und wischte sich ein paar verschwitzte Haare aus der Stirn.

Gemeinsam hoben sie vorsichtig den Sarg in die Grube und schaufelten sie mit Erde zu. Es war kein feierliches Zeremoniell und doch schenkte dieser Moment Eva mehr Trost, als das offizielle Begräbnis vor sechs Jahren es vermocht hatte.

»Sollen wir ein Gebet sprechen?«, fragte Josef.

Eva wusste nicht, was sie sagen sollte. Alles hatte sie bis ins Detail vorbereitet: die Grube, von der alle glauben sollten, sie sei für den Baum gegraben worden, Antons Ausflug mit den Kindern, die Fahrt zum Friedhof und zurück und natürlich die Absprache mit dem Pfarrer. Alles war genau geplant gewesen, doch an ein Gebet hatte sie nicht gedacht.

Sie hörte die Vögel, die schon eine ganze Weile aufgeregt zwitscherten. Sie spürte die Sonne aufsteigen, es würde ein warmer Tag werden. Sie wollte nicht beten, aber sie wusste, dass Lieder ihre Tochter immer beruhigen konnten, wenn sie Schmerzen hatte. Also begann sie mit leiser Stimme zu singen.

Der Herr ist Dein Hirte, nichts wird Dir fehlen. Er lässt Dich lagern auf grünen Auen und führt Dich zum Ruheplatz am Wasser.

»Amen«, sagte Josef und wischte sich eine Träne aus dem Auge. In diesem Moment wusste Eva, dass sie das Richtige getan hatte.

Anton kam am Abend mit den Kindern zurück, Eva war schon mit der Arbeit im Haus, im Geschäft und auf der Baustelle fertig. Sie saß auf der *Sonnbank*, die sie inzwischen an einen Platz geschoben hatte, von dem aus sie Gabrieles Grab immer gut sehen konnte. Sie hatte das Gefühl, als könnte sie den Rest ihres Lebens einfach nur an dieser Stelle sitzen und in den Garten schauen – morgens, abends, nachts.

»Geht es dir besser?«, fragte Anton. Er setzte sich zu ihr, Rudi trug die Taschen ins Haus und Willi kletterte auf ihren Schoß.

»Ja, viel besser. Es war wohl nur ein leichtes Unwohlsein. Tut mir leid, dass ich nicht mitfahren konnte zu deinen Eltern. Geht es ihnen gut?«

»Ja. Sie lassen dich schön grüßen. Der Vater klagt über Rheuma. Du kennst ihn ja, er grantelt herum und will seine Ruhe haben, Willi hat ihn genervt, obwohl er eigentlich recht brav war. Aber sonst ist alles wie immer.«

Anton stand auf und bemerkte den Birnbaum.

»Ich habe gedacht, wir bekämen ihn erst nächste Woche«, sagte er.

»Er konnte doch schon früher geliefert werden. Wir haben ihn dann gleich eingepflanzt, damit der Wurzelballen nicht vertrocknet.«

»Schön, aber ein bisschen viel haben sie dafür aufgegraben. Neben dem Baum ist die Erde ja noch ganz locker.«

Anton machte einen Schritt in Richtung Birnbaum, doch Eva hielt ihn zurück. Sie hatte schon beim Pflanzen des Baumes Sorge gehabt, dass die zugeschüttete Grube mit Gabrieles Sarg nicht halten würde. Im letzten Augenblick fiel ihr eine gute Erklärung ein.

»Dort habe ich heute in der Früh aufgegraben«, sagte sie. »Ich wollte ein kleines Beet mit Blumen anlegen. Die Samen sind schon ausgestreut, es darf auf keinen Fall jemand draufsteigen.«

»Gut, wie du willst«, sagte Anton. »Immerhin geht es dir besser. Und ein Beet passt dort auch recht gut. Gefällt dir der Birnbaum denn?«

»Er ist wunderschön, das schönste Geschenk, das du mir jemals gemacht hast.«

»Ich wusste gar nicht, dass dir Bäume so wichtig sind!«

»Wer einen Baum pflanzt, gewinnt den Himmel«, sagte Eva.

»Sehr poetisch«, antwortete Anton und ging ins Haus.

»Diesen Platz auf der Terrasse habe ich immer schon gemocht, die Aussicht auf den Birnbaum ist so schön«, sagte ich zu meiner Mutter. Wir beobachteten die Meisen, die Körner aus dem Vogelhäuschen pickten, das in den Zweigen hing.

»In letzter Zeit sieht der Baum schlecht aus«, sagte meine Mutter.

»Das wundert mich nicht. Ihr habt ihn ja nicht gut behandelt.«

»Du musst schon wieder streiten.«

»Ich wollte nur sagen, dass er vermutlich zu wenig Wasser bekommt. Ihr habt nahe an den Stamm gebaut, obwohl Oma den Birnbaum so sehr mochte. Aber darauf konntet ihr natürlich keine Rücksicht nehmen.«

»Wir haben damals den Grundriss des neuen Geschäfts geändert, damit der Baum nicht gefällt werden muss. Das haben wir nur für sie gemacht. Es tut mir leid, wenn du das anders empfindest. Apropos Oma: Bist du eigentlich weitergekommen mit deiner Recherche?«

»Welcher Recherche?«

»Na, zu Gabriele, du weißt schon, Omas Tochter. Hast du ihr Grab gefunden?«

»Nein, ich komm einfach nicht dahinter, was passiert ist. Die Pfarre hat zu den damaligen Gräbern keine genauen

Aufzeichnungen mehr. Sie schreiben aber, dass das Grab nicht einfach aufgelassen worden ist. Offenbar wurde es verlegt. Ich hab das Schreiben der Pfarre mit, ich zeig es dir.«

Ich holte den Ausdruck des E-Mails, das ich vor Kurzem erhalten hatte, und gab ihn meiner Mutter. So, wie sie es immer tat, las sie laut vom Zettel ab, während sie mit dem Finger über die Zeilen strich.

Sehr geehrte Frau Anzgruber,

vielen Dank für Ihr Schreiben! Entschuldigen Sie, dass ich mich erst jetzt melde. Gut Ding braucht Weile, und ich wollte Ihnen eine umfassende Auskunft geben.

Ich konnte inzwischen die Pfarrmatrikeln durchsehen. Es ist glücklicherweise so, dass die Unterlagen aus dieser Zeit noch in unserem Archiv vorhanden sind. Daraus ergibt sich Folgendes: Die Tochter Ihrer Großmutter wurde, wie Sie richtig feststellten, 1949 in einem Kindergrab bestattet, das von Ihnen genannte Sterbedatum deckt sich mit unseren Angaben. Sechs Jahre später, offenbar im August 1955, wurde eine Umbettung der sterblichen Überreste in ein Familiengrab veranlasst, wobei aus den Dokumenten nicht hervorgeht, an welchem Tag genau, an wen der Sarg übergeben und in welche Pfarrgemeinde er gebracht wurde. Das genaue Datum ist auch deshalb unleserlich, weil die Dokumente offenbar irgendwann nass geworden sind, auch bei einigen Worten ist die Tinte zerlaufen.

Ich habe darüber hinaus im Archiv der Diözese nachgefragt, doch auch hier liegen keine weiteren Informationen vor. Es tut mir sehr leid, dass ich Ihnen daher nicht sagen kann, wo das Kind Ihrer Großmutter schlussendlich bestattet wurde.

Für Rückfragen stehe ich gerne zur Verfügung. Alles Gute weiterhin und Grüß Gott

für die Pfarre Jenseits:

Zuzanna Kowalska

Als meine Mutter fertiggelesen hatte, nickte sie.

»Interessant. Dass Oma und Opa der Auflösung des Grabs ihrer Tochter zugestimmt haben könnten, war für mich sowieso schwer vorstellbar.«

»Eben, das dachte ich auch. Ich habe versucht, der Sache nachzugehen. Wenn ein Grab verlegt wird, braucht es eine offizielle Genehmigung, und die wird nur gegeben, wenn verschiedene Bedingungen erfüllt sind. Die Regelungen dazu haben sich in den letzten Jahrzehnten geändert. Üblicherweise ist es so, dass der Sarg mit den sterblichen Überresten von einem Bestatter abgeholt und zum neuen Grab überführt wird. Aber in den alten Dokumenten der Pfarre steht nicht, wer dieser Bestatter war.«

»Hast du weiterrecherchiert?«

»Ich habe die Gemeindeämter von Jenseits und Höhenhart kontaktiert und alle Bestatter in der Umgebung angerufen. Die meisten hat es in den Fünfzigerjahren noch gar nicht gegeben. Jedenfalls wissen die überhaupt nichts, auch Onkel Willi nicht.«

»Du hast Willi gefragt?«

»Sicher, ich wollte alles versuchen. Aber er konnte mir nicht helfen.«

»Aber ich habe etwas gefunden, was dich vielleicht interessiert. Es ist von Oma.«

Meine Mutter stand auf, kam gleich darauf mit einem vergilbten Kuvert zurück und legte es auf den Terrassentisch.

»Ich konnte mich gar nicht mehr daran erinnern, dass dieser Brief überhaupt existiert«, sagte sie. »Wir haben ihn beim Ausräumen von Omas Sachen gefunden, nach ihrem Tod. Papa wollte das meiste wegwerfen, wir hatten ja damals nicht so viel Platz. Aber ich habe diesen Brief trotzdem aufgehoben. Erst vor ein paar Tagen habe ich ihn zufällig wiedergefunden, weil ich Fotos gesucht habe.«

»Hat der Brief mit Gabriele zu tun? Erklärt er, wo das Grab liegt?«

»Nein. Aber du solltest ihn lesen«, sagte meine Mutter. Sie nahm den Brief aus dem Kuvert und drückte ihn mir in die Hand.

Höhenhart, 10. November 1956

Liebe Gabriele!

Heute haben wir Rudis Geburtstag gefeiert, er ist jetzt siebzehn Jahre alt – und du wärst acht. Nach Deinem Tod war ich mir sicher, dass es unmöglich sein wird, ohne dich weiterzuleben. Und lange Zeit war es das auch.

Aber seither ist viel geschehen. Nach diesen schweren Jahren habe ich verstanden, dass neue Wege im Gehen entstehen.

Willi ist zur Welt gekommen. Der Kaiserschnitt war furchtbar, er hat mir so große Schmerzen bereitet. Und trotzdem war er mir willkommen, weil es Willi gut ging nach der Geburt. Er macht mir natürlich viel Freude. Dass er so ängstlich ist, liegt vielleicht an mir. Ich habe einfach Sorge, dass sich alles wiederholen könnte, und schwirre wie eine Glucke um ihn herum. Aber noch scheint es ihn nicht zu stören, er ist ein liebes und aufmerksames Kind. Überhaupt scheint er sehr intelligent zu sein.

Dein Papa ist zufrieden mit seiner neuen Stelle als Oberlehrer, die ihn sehr fordert. Außerdem ist er ständig unterwegs, er sagt, er werde gebraucht als Stabführer der Musikkapelle, Organist und weiß Gott, was noch alles. Wie immer unternimmt er viel zu viel, aber so ist er eben. Ich glaube, er ist froh darüber, dass er seine Dinge machen kann und ich die meinen.

Die Freiheit wird mir langsam zur Gewohnheit, ich muss gestehen, dass mir das sehr gefällt. Ich habe ein Haus gebaut, einen Garten angelegt und einen Birnbaum gepflanzt. Jedes Mal, wenn der Wind durch die Äste weht, denke ich an Dich. Und ich führe ein eigenes Geschäft, wer hätte das gedacht? Ich arbeite dort jeden Tag, vor allem am Sonntag nach der Messe, da ist immer viel los.

Rudi geht jetzt in die Handelsschule, er ist im Internat in Brau-

nau und fühlt sich schon sehr erwachsen. Vor kurzem meinte er, dass wir nicht mehr Rudi, sondern Rudolf zu ihm sagen sollen. Das Geschäft interessiert ihn sehr, er hat tausend Ideen und will alles vergrößern. Aber fast alles, was er an Änderungen vorschlägt, klingt riskant. Wir werden sehen, wie das mit ihm weitergeht.

Du siehst, Gabriele, ich hatte Glück in den letzten Jahren. Welches Recht habe ich, traurig zu sein? Und doch bin ich es. Ich wollte Dich aufwachsen sehen. Dass ich es nicht kann, hat mich mehr verletzt, als sich jemals jemand vorstellen kann.

Auch wenn ich weiß, dass Du nie ersetzt werden wirst, hoffe ich doch, dass Rudi und Willi einmal Kinder haben werden. Ich würde gerne ein Mädchen aufwachsen sehen, eines, das so stark ist wie Du. Du warst eine Kämpferin, ich habe es sofort bemerkt. Die Ärzte meinten, Du würdest nur ein oder zwei Wochen leben. Du hast viel länger durchgehalten. Du hast deine Kräfte eingesetzt, so sehr Du nur konntest, und warst eben viel, viel stärker, als alle gedacht haben!

Ich stelle mir vor, dass Du ein fröhliches Kind gewesen wärst, wenn alles anders gekommen wäre. Du hättest viel gelacht, den Lehrern in der Schule freche Antworten gegeben (Dein Papa hätte sich dafür geschämt) und sicher hättest Du wie ein Dreckspatz in schlammigen Tümpeln gespielt und Frösche nach Hause getragen, so wie es Deine Brüder gemacht haben.

Gabriele, das ist heute mein letzter Brief an Dich. Ich muss Dir nicht mehr schreiben, um zu spüren, dass Du bei mir bist. Und damit meine ich nicht Dein Grab, obwohl ich froh bin, es jetzt in meiner Nähe zu wissen. Was man tief in seinem Herzen trägt, kann man nicht verlieren. Ich werde Dich immer sehen, jeden Tag meines Lebens.

In Liebe,

Deine Mama

Ich wischte mir Tränen aus den Augen.

»Hilft dir das bei deiner Recherche?«, fragte meine Mutter.

»Ich glaube schon«, sagte ich. »Danke!«

Sie lächelte und umarmte mich. Dann sprachen wir über andere Dinge.

EPILOG

»Leid, so stellt sich heraus, ist ein Ort, den von uns niemand kennt, solange wir nicht dort sind«, schreibt Joan Didion in ihrem Buch *Das Jahr magischen Denkens*. War die Trauer meiner Oma so, wie ich sie hier beschreibe, oder doch ganz anders? Ich weiß es nicht.

Woran ich mich bis ins letzte Detail erinnere, ist die Nacht nach dem Tod meines Opas. Meine Oma sollte nicht allein sein, also übernachtete ich bei ihr. Ich war acht Jahre alt. Sie hatte mir das Bett im Gästezimmer vorbereitet, ich las noch in meinem Märchenbuch: *Aber in der Ecke beim Hause saß in der kalten Morgenstunde das kleine Mädchen mit roten Wangen, mit einem Lächeln um den Mund – tot, erfroren am letzten Abend des alten Jahres.* Ich hatte die Geschichte vom *Mädchen mit den Schwefelhölzern* zu Ende gelesen und wollte die Nachttischlampe ausschalten, da kam meine Oma herein und bat mich, bei ihr im Zimmer zu schlafen. Ich wollte nicht, ich dachte, ich könne sterben, wenn ich im Bett meines toten Großvaters lag, und schüttelte energisch den Kopf. »Bitte«, sagte sie leise. Also stand ich auf und legte mich auf Opas Seite im Doppelbett, wickelte mich in seine Decke, ließ meinen Kopf in seinen Polster fallen. Ich konnte nicht einschlafen, stellte mir vor, dass ich in der Spalte des Bettes versinken und nie mehr auftauchen würde, die Matratze würde mich schlucken und auflösen wie eine fleischfressende Pflanze. An der

Zimmerdecke schien sich etwas zu bewegen. Aus dem Bett stieg ein ranziger Geruch auf, es war derselbe, den ich von der Garderobe des Schulturnsaals kannte. Meine Oma war noch wach. Ich sah sie nicht an, aber ich wusste, dass sie schnarchte, wenn sie schlief, und jetzt war nichts zu hören. Ich zog am Ärmel ihres Nachthemds und fragte, ob sie die Bettwäsche wechseln könne. Sie sagte, die sei sowieso frisch bezogen und sie sei müde. »Bitte«, sagte ich leise, so wie sie es vorher getan hatte. Sie stand auf und zog die Decke ab, während ich am frischen Leintuch zupfte, um mein schlechtes Gewissen zu verbergen. Sie hatte das Licht nicht aufgedreht, das Zimmer war von einer Straßenlaterne schwach erleuchtet, die Vorhänge waren nicht zugezogen. Ich ging zum Fenster und schaute hinunter, über die Straße bis zum Friedhof, man konnte den Platz unseres Familiengrabs erahnen. Es war noch nicht aufgegraben, aber ich wusste, dass mein Großvater bald dort liegen würde. Meine Oma hatte inzwischen alles frisch bezogen und bat mich, wieder ins Bett zu kommen. Die Matratze war viel zu weich, ich spürte, wie mein kleiner Körper darin versank, obwohl er nicht schwer war. Ich atmete möglichst gleichmäßig.

Meine Oma wälzte sich von einer Seite auf die andere, dann ließ sie ihre Tuchent auf den Boden fallen, das weiße Nachthemd klebte an ihrem mageren Körper, sie starrte an die Decke. Nach einer Weile stand sie nochmals auf, zog ihr Nachthemd aus und warf es auf den Haufen mit der abgezogenen Bettwäsche. Ich sah ihre Umrisse. Das fahle Licht beleuchtete den hängenden Busen, die schlaffe Haut am Bauch und an den Armen, die tiefen Falten im Gesicht. Ich fand, dass sie schön aussah, so schön wie die Frau in der Geschichte, die ich gerade gelesen hatte. *In dem Glanz stand die alte Großmutter, so hell, so leuchtend, so mild.*

Langsam, als wäre sie in einem Film, der in Zeitlupe abläuft, öffnete sie den Kasten und streifte sich ein neues Nachthemd über, dann legte sie sich wieder hin. Ich konnte noch immer nicht schlafen, lauschte den Geräuschen draußen, dem Wind in den Bäumen, dem Schrei eines Vogels. Meine Oma atmete jetzt laut und unruhig. Ein Auto fuhr vorbei, das an- und wieder abschwellende Motorengeräusch war gedämpft zu hören. Das Licht der Straßenlaterne schien auf die mannshohe Pflanze vor dem Fenster und warf Schatten an die Zimmerdecke. Irgendwann schlief ich ein.

Ich erinnere mich genau an jenen Moment, als ich meinen Vater zum letzten Mal sah. Ich stand an seinem Krankenbett. Meine Brüder hatten sich schon zuvor verabschiedet und den Raum verlassen. Es war uns allen klar, dass es ein letzter Abschied sein würde. Mein Vater war bei Bewusstsein, aber seine Augen waren geschlossen, auch sprechen konnte er nicht mehr.

»Ich hab dich lieb«, sagte ich.

Er drückte meine Hand.

HELMUTS BRIEF AN SEINE SCHWESTER

4. Februar 1945

Meine liebe Eva!

Ich hoffe, dass Dich dieser Brief erreicht, obwohl es auch für die Feldpost schwierig werden wird, ihn durchzubringen. Wir harren hier in eisiger Kälte aus, ständig hat es Minusgrade. Heute ist es aber etwas wärmer, so dass ich Dir zumindest diesen Brief schreiben kann, ohne sofort Frostbeulen an den Fingern zu bekommen. Das Tauwetter hat allerdings den Boden aufgeweicht, wir kriechen jetzt im Schlamm herum.

Nicht weit von uns sind die Russen auf dem Vormarsch, manchmal können wir sogar ihre Bewegungen beobachten. Ich bin bei einer Pioniereinheit gelandet, vorgestern kamen wir unter Artilleriebeschuss, als wir uns zu Fuß aufmachten zur nächsten Ortschaft. Am Weg sahen wir Bauernhäuser, die in Flammen standen, das Dach eines brennenden Stalls stürzte krachend zusammen. Wir marschierten vorbei, doch das Geschrei der Tiere konnten wir noch viele Kilometer weit hören.

Wenn es gerade nichts zu tun gibt, liege ich auf meinem Feldbett und versuche, an schöne Dinge zu denken. Ich habe ein Gedicht geschrieben, das ich Dir beilege. Ich schicke Dir außerdem einen zweiten Brief für die Eltern mit. Sag ihnen nicht, wie es mir wirklich geht. Sag ihnen, ich komme bald zurück.

Liebe Grüße,

Dein Helmut

Hier das Gedicht:

Ich werde Dich nicht grüßen, am Ende.
Ich werde Dir erzählen vom Anfang.
Dem Atem auf meiner Haut.
Ich prüfe den Wasserdampf.
Hell und Dunkel und keine Umrisse.
Der Halbmond, mein Nachbar.
Ich schaue nicht hinüber.
Glaub nicht an die Sterne.
Glaub an das Licht.
Die Zeit überholt mich.
Uns alle. Immer.
Es ist egal.
Es ist gut, wie es ist.
Im großen Saal ein heller Wald.
Wir tanzen zwischen den Räumen.
Der Wind bricht einen Taktstock.
Er pfeift durchs wattige Licht.
Ich schiebe die Luft beiseite.
Und streichle das schlummernde Nichts.

GEDICHTE AUS EVAS TAGEBUCH

28. November 1949

Ich wollt, ich könnt hier liegen
Die Traurigkeit besiegen,
Die schwer das Herz mir macht
In dieser dunklen Nacht

Ich wollt, ich könnt hier liegen
Den Schmerz in mir besiegen,
Weil Du noch wärst lebendig
Und ich nicht so elendig.

Du könntest Dich entzücken
Beim sorglos Blumenpflücken
Mehr als ich selbst es kann,
Doch Du gingst mir voran.

Es sollt ein starkes Mädchen
Stehn an der Mutter Grab;
Doch ich steh an dem Deinem,
Es bringt mich so zum Weinen.

Es sollt ein starkes Mädchen
Stehn an der Mutter Grab;
Doch mit Dir, ja da starb
Mein Herz an Deinem Grab.

10. November 1956

Du bist in meinem Herzen
Es gibt nichts, das dich bricht;
Ich starb in deinen Schmerzen
Du lebst im Sternenlicht.

Wo ich entzünde Kerzen
Da scheint dein Angesicht;
Du bist in meinem Herzen
Es gibt nichts, das dich bricht.

Wo andre Kinder scherzen,
Find ich von dir Bericht,
Und mag es mich auch schmerzen
Mein Herz, es trägt Gewicht.

Du starbst nicht an den Schmerzen,
Du lebst im Sternenlicht,
Du bist in meinem Herzen,
Es gibt nichts, das es bricht.

ANTONS BRIEF AN DEN PFARRER VON JENSEITS

Höhenhart, 21. Dezember 1955

Sehr geehrter Herr Pfarrer! Mein lieber Leopold!

Wie das Räderwerk der Uhr abläuft, so verrinnt auch die Zeit. Und so habe ich meinen Vorsatz, Dir mit einem langen Brief gebührend zu danken, bis jetzt nicht in die Tat umgesetzt. Ich fühle mich richtig beschämt und hoffe dennoch, dass Du mir armem Schreibsünder gnädig vergibst.

Sicher habe ich auch deshalb lange nicht geschrieben, weil ich nicht weiß, wie ich Dir gebührend danken kann dafür, dass Du Eva ermöglicht hast, ihren größten Wunsch in die Tat umzusetzen. Natürlich weiß sie nicht, dass ich davon weiß, aber das ist auch nicht nötig. Die Gebühren für das Kindergrab bezahlen wir selbstverständlich weiter, so lange Du es für nötig hältst, damit ist allen gedient, uns und der Kirche.

Hoffentlich laufen die Dinge in der Pfarrgemeinde, wie Du es Dir vorstellst. Wie ich höre, wird in der Schule weiterhin ein strenger Ton angeschlagen, den Bericht über die neuerliche Sammlung von Schundliteratur und Bildstreifen-Heftchen in Jenseits habe ich in der Volkszeitung gelesen. Das ist recht.

Von uns kann ich wenig Neues zu berichten: In der Familie nimmt alles seinen normalen Gang. Rudi überlegt, das Geschäft von Eva zu übernehmen. Er hat dafür sehr eigenartige Pläne, aber ich schätze seinen Tatendrang.

Die Sau, die wir auf Evas Wunsch nicht schlachten durften, lag vor ein paar Wochen tot im Stall. Eva war sehr betroffen, und sogar Rudi war zu Tränen gerührt. Es kam also nicht in Frage, sie zu essen. Und so haben wir sie einem Bauern mitgegeben, damit er sie begraben möge. Ob er das getan hat, kann ich nicht sagen, aber Eva hatte ein gutes Gefühl bei dieser Entscheidung.

Der kleine Willi macht uns viel Freude, er ist ein reizendes Buberl. Allerdings kann er auch ein richtiger Strick sein, Eva hat oft so ein Gefrett mit ihm: Wenn er etwas will, dann setzt er es auch durch! Vielleicht habe ich das verursacht, weil ich ihn unbedingt nach Wilhelm Furtwängler benennen wollte, und so steckt nun der Wille in seinem Namen. Nomen est omen. Was mich betrifft, so hoffe ich auf eine Beförderung. Der Leiter unserer Schule geht in Pension. Ich habe mich um die Nachfolge beworben und darf mir berechtigte Hoffnungen machen. In Höhenhart habe ich auch wieder begonnen, Orgel zu spielen.

Lieber Leopold, darf ich noch einen Wunsch äußern? Bitte behalte für Dich, dass ich von alldem wusste, was Eva in den letzten Wochen »bewerkstelligt« hat. Ich möchte nicht mehr über den Tod unseres Kindes sprechen, so ist es für alle am besten. Das Leben nimmt wieder einen friedlichen Gang. Auch Eva hat sich inzwischen an den Gedanken gewöhnt, die traurige Vergangenheit hinter sich zu lassen. So hoffe ich, dass nun alles gut wird.

Dir danke ich nochmals von Herzen, wünsche Dir Gesundheit und alles Gute! Melde Dich, wenn es Dich in unsere Gegend verschlägt.

Es grüßt Dich in alter Verbundenheit

Dein Anton

Von Herzen Danke den Menschen, die meine Recherchen unterstützten und mir ihre Geschichten erzählten, vor allem jenen, die bereit waren, über die traurigsten Momente in ihrem Leben zu berichten.

FOTO: FERRY NIELSEN

Beate Kniescheck wurde 1975 in Oberösterreich geboren. Das Studium führte sie nach Wien, wo sie unter anderem als Redakteurin für die Tageszeitung *Der Standard* sowie als Online- und Fernsehjournalistin tätig war. Anschließend arbeitete sie in kaufmännischen Positionen für Verlage in Wien und Berlin. Seit 2006 ist sie selbstständige Kommunikationsberaterin, Schreibtrainerin und freie Journalistin.

Beate Kniescheck schreibt Kurzprosa und Gedichte, die in österreichischen und deutschen Anthologien und Literaturzeitschriften erscheinen. Reportagen und narrative journalistische Texte publizierte sie in österreichischen Tageszeitungen und Magazinen. Zwei ihrer Dramolette wurden ausgezeichnet, eines im Schauspielhaus Wien 2019 uraufgeführt. Gelegentlich rezensiert sie Romane, ihre Social-Media-Präsenzen betreibt sie als Microblogs zu Literatur-Themen. *Eva & Söhne* ist ihr Romandebüt.

Privat engagiert sich die Autorin für Menschen mit Migrationsgeschichte. Sie spricht Englisch und Spanisch, längere Reisen führten sie unter anderem nach Lateinamerika, Indien und Südostasien. Beate Kniescheck ist verheiratet und Mutter zweier Söhne.

www.septime-verlag.at